Pocieszki

KATARZYNA

GROCHOLA

Pocieszki

Ilustrował
Andrzej Pągowski

Wydawnictwo Literackie

Ani i Aleksandrowi
w podziękowaniu za przeszłość
i z życzeniami pięknej przyszłości

Brak Pomorza

Za pieniądze można mieć budynek, ale nie dom.

Za pieniądze można mieć zegarek, ale nie czas.

Za pieniądze można mieć seks, ale nie miłość.

Za pieniądze można mieć lekarstwa, ale nie zdrowie.

Za pieniądze można mieć stanowisko, ale nie poważanie.

Za pieniądze można mieć pościel, ale nie sen...

Za pieniądze można mieć, ale nie można być...

Musi być wstęp.

Przedwczoraj na schodach pewnego ekskluzywnego hotelu spotkałam przemiłą i prześliczną Dyrektorkę. Uśmiechnęła się do mnie i powiedziała:

– Jak to miło panią spotkać, pani Kasiu. Po pierwsze, bardzo mi się podoba kolor pani włosów. Zawsze chciałam taki mieć.

– Trzeba poczekać jeszcze ze trzydzieści lat – odpowiedziałam szybko, choć moja siwa głowa została nareszcie oblana miodem. Poprzednio wylano na nią kubeł pomyj, a czy to moja wina, że mam naturalny kolor? – A po drugie?

– Uwielbiam ten pani tekst. – Tu piękna (i młoda) Dyrektorka wyjęła telefon i pokazała mi moje zdjęcie oraz powyższy tekst. I wtedy moje serce zostało oblane miodem.

– Ja też – powiedziałam. – Ale nie jest mój.

– Nie szkodzi, i tak wszyscy myślą, że pani.

Z największą przykrością oświadczam, że nie jestem, niestety, autorką tego tekstu. Podobno pochodzi ze starej przypowieści chińskiej. Dodałam tylko ostatnie zdanie, zresztą pod wpływem Fromma. I zawsze to dziennikarzom powtarzałam.

To mój ulubiony tekst, ale nie mój tekst!

Moją ulubioną książką jest *Mistrz i Małgorzata*, ale to nie znaczy, że to moja książka! Chociaż jeśli ją mam na półce, to jest moja.

Ale jest różnica, prawda?

Jestem propagatorką.

Muszę wynajdywać fajne rzeczy, żeby pocieszać swoją duszę.

Kiedy wydawca poprosił mnie o krótkie teksty, takie, które byłyby pokrzepianiem serc, o które proszą czytelnicy – westchnęłam.

– Pocieszki? – upewniłam się. – Na pewno nie.

Ja mam pocieszać? To ja straciłam w ciągu ostatnich trzech lat troje przyjaciół i ciotkę, ostatnią osobę, która pamiętała mnie jako dziecko. I ukochanego psa. I nic mnie nie obchodzi, że pies był starutki i było mu dobrze u mnie tyle lat, i że taka jest kolej rzeczy, że dzieci rosną, a wszyscy umrzemy.

– Wydawca chce, żebym przygotowała pocieszki – poskarżyłam się przyjaciółce i sąsiadce, bohaterce paru opowieści.

– Ale fajny tytuł – ucieszyła się Marzena.

– To mnie trzeba pocieszać – fuknęłam.

– To zacznij od siebie – powiedziała Marzena.

Nie rozumiałam.

– Pociesz sama siebie – wyjaśniła i poszła przez furteczkę, która kiedyś była furteczką między mną a Zosią, a od kiedy zamieszkała tam Marzena, jest furteczką pomiędzy mną a Marzeną.

Potem zadzwoniłam do Marylki.

– Wydawca mnie prosi o jakieś miłe teksty. Takie pocieszki – poskarżyłam się.

– Ale fajnie! Napisz o braku Pomorza.

– Nie mamy go już? – zainteresowałam się, bo nie oglądam wiadomości i mogło się ostatnio coś zmienić.

– Moja wnuczka tak powiedziała. Zosia zawiadomiła mnie, że „Brak Pomorza" wypłynął w rejs dookoła świata! Poprzypominaj sobie te wszystkie historie, które ci się przydarzają, i pisz!

Uśmiechnęłam się.

Brak Pomorza to dobry tytuł na początek.

I teraz przechodzę do rzeczy.

Wszystko, co tu opisałam, naprawdę się zdarzyło. Niektóre historie były drukowane w pismach, wtedy musiałam nadać moim przyjaciołom albo rodzinie inne imiona. Wszystkie opisane pocieszki są prawdziwe. Na wszystkie dostałam zgodę tych, których dotyczą. Największe opory miałam, prosząc moją przyjaciółkę Anię, która jest po podwójnej mastektomii, o zgodę na opisanie jej historii. Wszyscy ją tu znają i będą wiedzieć, że nie ma piersi.

Odpowiedziała, cytuję: „W lecznicy mam wagę. Pacjenci się ważą. Nie tylko swoje psy i koty. I odejmują potem kilogram na ubranie, i wydają się zadowoleni. Ja mówię, że odejmuję sobie kilogram na ubranie i kilogram na cycki. Jeśli nie rozumieją, to dodaję, że od czasu operacji cycki trzymam w szafce i wkładam je rano w stanik. Więc de facto mam lepiej. Dwa kilogramy mniej. Daj spokój, ci, co mnie znają, i tak wiedzą".

W jej przypadku brak piersi jest darem życia.

Wszystkim bardzo dziękuję.

Dzięki Wam moje życie jest lepsze.

Na co czekasz?

– Na co czekasz? – krzyknęła moja młodsza przyjaciółka do synka.

A akurat przeszedł przez Polskę silny wiatr, nazwany tym razem, żeby nie drażnić feministek, wdzięcznym i niekonfliktowym imieniem męskim Ksawery, i byliśmy tutaj na wsi bez prądu już drugą dobę.

W domu było zimno, bo mieszkanie poza miastem ma to do siebie, że taki męski wiatr od razu pozbawia nas ogrzewania, a w efekcie i ciepła rodzinnego.

Z gorących rzeczy na gazie stała wyłącznie gorąca pomidorowa, którą moja przyjaciółka próbowała wmusić swojemu męskiemu potomkowi, tyle że ów męski potomek miał zupełnie inne pomysły na zagospodarowanie tych cennych chwil, które spędzał na bawieniu się jej telefonem komórkowym. Telefon komórkowy odczuwał skutki wichury, bo nie dostał jeść w wyniku wyżej wspomnianej awarii prądu, a na zupę pomidorową nie mógł się załapać.

Wbrew znakowi zapytania na końcu nie było to pytanie. To był rozkaz.

Jak świst bata nad głową.

Jak ostatnia zapowiedź pospiesznego. Jak JUŻ! NATYCHMIAST zrób to! Dlaczego się zastanawiasz??? Wykonać!!!

Same wykrzykniki, przysięgam.

Co prawda, moja przyjaciółka prosiła swojego synka już z siedemdziesiąt razy, żeby usiadł do stołu, ku mojemu zdziwieniu.

Ja bym przestała strzępić język po próżnicy po trzecim wezwaniu, a potem sama zjadła coś ciepłego, według zasady, że jak dziecko zgłodnieje, to się samo zgłosi do lodówki, ale nie jestem matką synka mojej przyjaciółki. Na szczęście. Dla obojga.

Z zaciekawieniem, jak też mały zechce wyjaśnić powody swojej głęboko uzasadnionej zwłoki, czekałam.

I nic.

Dziecko milczało z nosem w dogorywającej komórce.

Na co czekasz – zabrzmiało mi jakoś znacząco.

Ja na przykład mam stałą tendencję, żeby sobie coś obiecywać. No i życzyć, rzecz jasna. Nie czekać na nowy rok, nowy tydzień itd.

W taki oto pogodny dzień zaczęłam się zastanawiać: na co czekamy?

Moja przyjaciółka czekała, aż synek odłoży komórkę.

Zadzwoniłam do swojego wnuka i szybko zapytałam (dziecku nie można zawracać głowy), na co on czeka.

– Po co ci to? Znowu coś piszesz? – zapytał mój wnuczek, albowiem jest miłym, inteligentnym dzieckiem i wie, że bez bardzo ważnego powodu nie zadaję takich pytań.

– No – potwierdziłam.

– No to najbardziej czekam na wakacje. Ale właściwie czekam na dzień, kiedy w ogóle przestanę chodzić do szkoły. W ogóle. Na zawsze. I będę dorosły.

– I będziesz chodził do pracy?

– Jeszcze o tym nie myślałem, mam dopiero dwanaście lat, chyba rozumiesz – wyjaśnił spokojnie. – To cześć.

Nie dyskutowałam z nim, znam to marzenie z własnego dzieciństwa.

Ja od trzech dni czekałam na natchnienie.

Moja sąsiadka czeka, aż jej córka przejdzie przez okres burzy hormonalnej, niezwykle bolesny, szczególnie dla matek. Ma w tym pewne doświadczenie, bo ma też starszą córkę, i liczy, że tej młodszej też minie.

Moi sąsiedzi z naprzeciwka czekają, aż dzieci wyjdą z domu. Nie w sensie, że wyjdą i wrócą, bo te dzieci do nich wracają (czasem o trzeciej nad ranem), ale że w ogóle wyjdą z domu. Gdzieś się wyprowadzą w końcu. Znajdą sobie jakieś mieszkanie. Szczególnie że ich córka jest prawnikiem, a syn prezesem dużej firmy.

I mogą sobie iść, ale nie chcą.

Za to moja druga przyjaciółka czeka, aż jej dziecko wróci do domu. Z Anglii. Wyjechało biedactwo na dwa miesiące sześć lat temu i nie może trafić z powrotem, choć adres zna. Poznało ono w owej mglistej Anglii pewnego mężczyznę i zakochało się na zabój. Mężczyzna jest Polakiem. Ona więc nie może przeboleć, że jej córka z Warszawy spotkała faceta z Warszawy w Londynie.

Inna moja koleżanka czeka na okres wyprzedaży. Wiosną czeka na wyprzedaż letnią, jesienią na zimową, a zimą na wiosenną. Tak od paru lat.

Pomyślałam sobie, że zawsze czekamy, aż będziemy mieli:

– dość czasu;
– więcej pieniędzy;
– nową kartę kredytową;
– lepszego partnera;
– jakiegokolwiek partnera;
– grzeczniejsze dzieci.

Zdarza się, że się doczekujemy. Ale to nie jest koniec czekania. Wtedy zaczynamy czekać na zupełnie inne rzeczy:

– aż on się zmieni;
– aż ona coś wreszcie pojmie;
– aż szef coś zrozumie;
– aż poczucie naszej własnej wartości wzrośnie.

Czekamy uparcie, aż nabierzemy odwagi.

I rzecz jasna – na lepszy moment.

Na urlop.

Na zmianę rządu, partii, przepisów, podatków, prawa.

Czekamy na zielone światło, wolną drogę i żeby w końcu nikt nam nie przeszkadzał.

Czekamy, aż spłacimy kredyt, alimenty, długi, czekamy na lepszy horoskop, lepszy rok, lepsze czasy.

Czekamy na znak z nieba, sprzyjające okoliczności, pokój na świecie, na jutro, na koniec tygodnia, aż nam się zaparzy herbata.

Czekamy na lekarstwo na raka, na spadek, aż ktoś nam da dobry przykład.

I na tym czekaniu spędzamy godzinę, dzień, tydzień, miesiąc, rok, życie.

– Gdybym tylko mógł sobie pozwolić na urlop, natychmiast bym pojechał – powiedział mi wczoraj mój znajomy, inspektor ruchu lotniczego, bardzo wspaniały mężczyzna, lekko przyprószony siwizną.

– To przykre, że już wykorzystałeś urlop.

– Wcale nie wykorzystałem – obruszył się. – Mam jeszcze z zeszłego roku ponad dwa tygodnie.

– To cudownie! – ucieszyłam się. – Ja w ogóle nie mam urlopu, bo nie mam posady.

– Jakie cudownie? – zdenerwował się, nie troszcząc się o mój brak urlopu i posady. – W grudniu? Zwariowałaś? Przed świętami? Przed sylwestrem? Wszędzie tłumy.

Przed sklepem spotkałam znajomego z sąsiedniej wsi.

Wysiadał z supernowej bryki w kolorze bordo. Wszystko automatyczne, jak drzwi nie zamknie, to samochód na niego krzyczy, tyle że po angielsku. I sam parkuje. Pokazał mi auto, ale jakoś mało był zadowolony.

– Ale cudo – westchnęłam, choć nie uważam, by samochód powinien jeździć bez kierowcy, i wolę swój, który daje się prowadzić, jak chcę ja, a nie zestaw automatycznych pilotów i komputerów.

– Gdybym mógł, tobym kupił porsche – powiedział sąsiad, którego akurat stać nie tylko na porsche, ale na wszystko.

– Przecież mogłeś – stwierdziłam i w ogóle już nie chciałam stać na tym parkingu, bo byłam umówiona w domu, a zakupy czekały.

– Żartujesz chyba. Nie ma dróg w tym kraju. Ani pogody. Krawężniki za wysokie. Człowiek nie ma jak się poruszać.

Zostawiłam go na parkingu przy tym gracie i poszłam kupić śmietanę, pierś kurzą oraz ziemniaki, bo po piątej miała przyjechać moja ciocia, może bliżej szóstej, tak zapowiedziała, a z obiadem chciałam zdążyć przed jej przybyciem.

Szybciutko zrobiłam zakupy i podjechałam pod dom.

Przed domem stała moja ciocia.

– Miałaś być po piątej, a jest piętnaście po – powiedziała z pretensją. – Czekam tu i czekam.

– Nie mogłaś zaczekać u sąsiadów?

– Gdybym mogła, tobym zaczekała – stwierdziła lekko wyniosłym tonem.

Spojrzałam na zegarek. Było dwanaście po i ugryzłam się w język. Choć korciło mnie, żeby poczekać te trzy minuty przed własnymi drzwiami razem z ciocią, żeby wszystko się zgadzało.

– Na co czekasz? – Trąciła mnie w ramię. – Gdybym wiedziała, że sprawiam ci kłopot, tobym cię nie absorbowała swoją osobą.

– Ciociu – powiedziałam serdecznie – po co się denerwujesz?

– Gdybym się mogła nie denerwować, tobym się nie denerwowała. Ale to niemożliwe w dzisiejszym świecie.

Przy herbatce lekko odtajała i oznajmiła:

– Zupełnie zapomniałam! Wiesz, gdybym wiedziała, że masz obiad, tobym nie dźwigała tego słoika z leczo, myślałam, że odgrzejesz i po kłopocie. Postawiłam siatkę przy lodówce. No, ale skoro okoliczności nam sprzyjają... – Odprężyła się. – Kanasta? Na co czekasz? Gdzie masz karty?

Wyjęłam karty.

I otworzyły się przede mną nowe przestrzenie.

To gdybym...

Gdybym, gdybym, gdybym... tobym... pojechał, ożenił się, zakochał, nie był taki smutny, nie martwił się, zrobił, odłożył, odpoczął, zaczął, skończył i tak dalej.

Gdyby tylko były sprzyjające okoliczności, tobym zmienił dużo. Przestał pić. Palić. Martwić się. Zadbałbym o siebie.

Ale w tej sytuacji?

Mam dla wszystkich kapitalny prezent.

N a j l e p s z e O k o l i c z n o ś c i.

Najlepsze Okoliczności do wszystkiego.

Od tej chwili na zawsze. Niezwracalne. Niepodlegające reklamacji. Nieopodatkowane. Niekłopotliwe. Nieobciążające. Niezwykłe i niewyczerpane. Pomnażające się. Im więcej ich wykorzystasz, tym obficiej będą pączkować. Niezbywalne i prawnie dozwolone. Niezależne od pogody, władzy, zasobów finansowych.

Najlepsza Okoliczność istnieje właśnie w tej chwili.

Delikatna jak leciutki powiew wiatru i zupełnie przezroczysta.

Prawie niezauważalna.

Nie ma śmiałości sama podejść.

Nie przepycha się łokciami i nie jest agresywna.

Cierpliwie ci towarzyszy, w nadziei, że w końcu ją dostrzeżesz.

Chce być pomocna, ale nie za wszelką cenę. Siedzi cichutko jak mysz pod miotłą. Ale w pełnej gotowości, jeśli ją zaprosisz do swojego życia.

Nie zniechęca się tak łatwo. Ona będzie czekać na ciebie.

Jest tuż-tuż. Zaufaj jej.

Najlepsza Okoliczność tak bardzo chce uczestniczyć w twoim życiu. Nie odpychaj jej. Zobacz, jak tęskni za tobą.

Na co czekasz...?

Najlepszy strzelec i róża

Dzisiaj przeczytałam w liście od pewnego mężczyzny, że oczekiwania i marzenia powinno się traktować bardzo poważnie, ale w powiązaniu z realiami.

Nie muszę mówić, że o mało nie spadłam z krzesła.

I tu dygresja.

Pewnego dnia bardzo dawno temu w normalnym sklepie zobaczyłam różę.

Róża była różowa, na wpół rozwinięta, wyprostowana i dumna, o świeżych zielonych liściach, które nie chyliły się ku upadkowi. Była różą w najlepszym tego słowa znaczeniu, różą oczywistą i zachwycającą.

Przyniosłam ją do domu i nie wiedziałam, co z nią zrobić.

Nie wiedziałam i zaraz się z tego wytłumaczę.

Jedna rzecz, której zdecydowanie nie lubię, nie zachwycam się nią i jej nie pochwalam – to sztuczne kwiaty w moim domu. Nie drażnią mnie u innych. Drażnią mnie u mnie.

A właśnie na czerwonym obrusie w swojej kuchni miałam śliczną przedstawicielkę tego gatunku. Całkowicie sztuczną. Plastikową.

Uczucia miałam mocno mieszane. Nie lubię sztucznych kwiatów! Nie! Nie!

Ale ona była ładna. Delikatna. I wyglądała jak prawdziwa.

„Nie lubisz kwiatów nieprawdziwych, które wyglądają jak prawdziwe" – krzyczała we mnie jedna połówka, podczas kiedy druga mówiła: „Nie przesadzaj, i tak w kuchni jest pełno kiczu, a ta kobieta na koniu, z jeleniem przewieszonym przez siodło, mniejszym niż pies, który idzie obok konia? Róża pasuje do tego jelenia i tego konia, i tego psa".

A pierwsza połowa przekonywała drugą mnie: „Jesteś niekonsekwentna, będzie cię drażniła, kup sobie żywą różę!". A druga ja odpowiadała: „Bez przesady, kup sobie drugą żywą, wyrzucisz, jak zwiędnie, a do tej się przyzwyczaisz".

Po wielominutowej kłótni między mną a mną róża została umieszczona w zielonym flakonie.

Następnego dnia przyszła moja ukochana Zośka, moja przyjaciółka i pierwowzór Uli z *Nigdy w życiu*, i powiedziała:

– O rany, nie zauważyłaś, że nie ma wody?

I nalała do sztucznej róży prawdziwej zimnej wody.

A potem przyszła Zuza z dzieckiem. Dziecko płci męskiej usadowiło się na krześle, dotknęło róży, potem wylało wodę z flakonu (niechcący), potem powąchało kwiat, potem zgięło łodygę, potem powiedziało:

Sztuczne – potem zajęło się odrywaniem liścia, przed czym bohatersko różę uchroniłam.

Od tego czasu minęło pięć lat.

Róża dalej stoi u mnie w kuchni i przypomina mi o tym, jak z wiekiem zaczynamy odzwyczajać się od marzeń i jak robimy się coraz mniej ciekawi świata. Jak dopasowujemy się do realiów.

Moja przyjaciółka Zośka wiedziała, że nie lubię sztucznych kwiatów. Nieraz dolewała wody do różnych wazonów (takie tulipany na przykład to ci wychleją wodę, zanim się obejrzysz).

Jej mózg wiedział doskonale – róża u Kasi, która nie znosi sztucznych kwiatów, jest prawdziwa, a jeśli jest prawdziwa, musi mieć wodę – wody trzeba nalać, żeby jak najdłużej była ładna.

Dziecko Zuzy postanowiło różę zbadać. Powąchać, wytarmosić. Dotknąć i posmakować. Zdziwić się. Próbować jej coś oderwać, żeby sprawdzić, co to takiego, z czego i dlaczego.

Tony Buzan, nominowany do Nagrody Nobla, badający pracę mózgu, twierdzi, że tylko dzieci wykorzystują 95 procent jego możliwości. Już szkoła średnia ogranicza to do 50 procent, studia do 25 procent, dorośli i wykształceni ludzie używają około 10 procent, a na co dzień angażują tylko 1 procent możliwości!

Dziecko, kiedy się bawi, nie zna ograniczeń. Jeśli ma rycerzyki, które toczą bitwę pod Grunwaldem, a chce wygrać, bierze poduszkę i nagle krzyczy:

Nalot! – i wali poduszką w pole bitwy, likwidując Krzyżaków.

Dorosły próbuje się mądrzyć i mówi:

Ależ to są rycerze średniowieczni, wtedy nie było samolotów.

Inne dzieci patrzą na niego jak na wariata, bo przecież jak jest poduszka, to mogą być koce, jak są koce i stół, to możemy mieć wigwam i Indian, a krzesło to będzie straż pożarna, bo w wigwamie ktoś zapalił ogień, i hurra!!! Zwyciężyliśmy! I teraz kto pierwszy na stole, tego nie zaleje potop! A kto nie ma czym się nakryć, to go pył kosmiczny przetnie na pół! Bo właśnie wylądował przy drzwiach statek Obcych! I jeden Obcy schował się pod łóżkiem! Wygląda jak kot, ale nie dajmy się nabrać! Kto pierwszy dotknie podłogi, ten przegrywa! Tam jest skażenie!!!

A dorosły z rycerzykiem w ręku na polu bitwy, z tłumaczeniem, że w czasie bitwy pod Grunwaldem jednak nie było samolotów, straży pożarnej, Indian ani Obcych, jest jedynym prawdziwym Obcym – bez wyobraźni, z ograniczeniem stworzonym w wyniku, chciałoby się rzec, nauki i techniki.

Einstein nie wymyśliłby, że E równa się mc kwadrat, gdyby skłaniał się ku realiom. Ameryka nie zostałaby odkryta, gdyby Kolumb nie wyruszył w nieznane. Bo GPS-u nie posiadał, że przypomnę. Marco Polo nie opisałby świata, a my do dzisiaj siedzielibyśmy na płaskiej ziemi umieszczonej na grzbietach czterech słoni. Gdyby nie oderwanie od realiów. Próba odnalezienia nieznanego. Jakieś marzenie uznawane przez tysiące ludzi za głupie, a przez tego jednego wariata – za możliwe do spełnienia. Ktoś zwiedził pół świata, bo sprzedał jakąś lodówkę, jedyną cenną rzecz, jaką posiadał, a za to kupił tani bilet na pierwszy wyjazd. Realia były kiepskie, ale marzenia – śmiałe.

Ważne było, żeby coś jednak zrobić. Mimo tych realiów, a nie zgodnie z nimi. Bo zgodnie z nimi ten od lodówki mógł sobie coś zamrozić, li tylko i jedynie.

Trzy lata temu moja Zośka nalała do zielonego flakonu wodę po raz ostatni.

– Zośka, przecież wiesz, że ona jest sztuczna!

– Co z tego? Może zakwitnie... – powiedziała Zośka.

W oderwaniu od realiów...

Naprawdę wykorzystujemy mózg w coraz mniejszym stopniu? Im więcej w nas wiedzy, tym mniej... czego? Ciekawości? Odwagi?

Nie zabijajmy w dzieciach tego, czego nas tak dobrze oduczono.

Dajmy im wędki, a nie ryby.

Nie likwidujmy do końca tych możliwości mózgu, które każdy z nas ma, a o których zapomnieliśmy.

Uczmy się od dzieci – one wiedzą, że świat jest fascynujący. Że można marzyć. Że może się zdarzyć wszystko. Że należy oczekiwać dobrego. Owszem, czasem temu dobremu trzeba pomóc – ale jakże łatwo wpaść w pułapkę: nie mogę, nie potrafię, nie sprawdzę, nie chcę się rozczarować, wolę nie mieć oczekiwań, bo potem cierpię, i tak dalej, i tak dalej.

List, który dostałam od mężczyzny, napawa mnie wielkim smutkiem. Nie oczekiwać deszczu tylko dlatego, że prognoza mówi o upałach? A mało razy zebrało się na niespodziewaną burzę i ziemia odetchnęła z ulgą? A jeśli nie padało, to co? Przejmujemy się rzeczami, na które nie mamy wpływu. Pogodą. Podwyżką. Korkami. Nieprzyjeżdżającym tramwajem. Kimś, kto jest niegrzeczny.

Zacznijmy się przejmować sobą i tym, co myślimy, co robimy, co możemy, jacy możemy być.

Moja sąsiadka, cudowna i mądra, w czasie lipcowych upałów, kiedy w nocy temperatura sięgała dwudziestu siedmiu stopni (tak było!), przyszła do mnie z szalem.

– Jest i tak chłodniej o dziesięć stopni, niż było w południe – powiedziała. – Nie tracę nadziei, że będzie mi zimno.

Jak popatrzyłam na nią, to przypomniałam sobie chłopca, który na boisku samotnie ćwiczył strzelanie bramek. Za każdym razem krzyczał: „Jestem najlepszym strzelcem! Jestem najlepszym strzelcem!".

Najczęściej jednak do tej bramki nie trafiał.

A potem podszedł do ojca, który przyglądał się jego zmaganiom, i zapytał: „Jak?". „No wiesz, żeby być najlepszym strzelcem, musisz dużo ćwiczyć" – powiedział dyplomatycznie ojciec. „Ja przecież jestem najlepszym strzelcem, ale miałem kiepskiego podającego" – odrzekł chłopiec.

Bądźmy najlepszymi strzelcami. Przynajmniej jeśli chodzi o marzenia i oczekiwania. Tego, co nam się przydarza, nie możemy zmienić.

Teraz siedzę w kuchni i patrzę na różę.

Sztuczną, którą bardzo, bardzo lubię.

Czasem nawet nalewam wody.

Tak sobie, dla zabawy.

Tak jak robiła to moja ukochana Zośka.

Zośka mi już do niej wody nie naleje.

Nie można jej było uratować.

Więc teraz od czasu do czasu robię to ja i czekam, bo może jednak róża zakwitnie?

Wyobrażanki

Ilekroć słyszę: „Ona o tym marzy" albo: „Ja wiem, co ty masz na myśli", albo: „On na pewno będzie zadowolony", albo mój faworyt: „Kasiu, ja wiem lepiej, co czujesz!" – nóż mi się w kieszeni otwiera.

Otóż sprawdź, człowieku, czy ona o tym marzy, czy ona na pewno ma to na myśli, czy on będzie zadowolony, i zapytaj mnie, co czuję!

I na poparcie mojej tezy, że warto się jednak porozumiewać w kwestiach zasadniczych, a nie domyślać i wiedzieć lepiej, opowiem historyjkę, która dotyczy mojej przyjaciółki.

To będzie krótka przypowieść o tym, co myślimy, że inni myślą.

Moja przyjaciółka ma syna. Syn mieszka od dawna z dziewczyną. Tak sobie razem żyją. Mieszkają, pracują itd.

Ale wstęp musi być, bo ta para, od lat żyjąca na kocią łapę – choć zgodnie – jest przeciwnikiem małżeństwa.

On, nazwijmy go na przykład Jan, od razu jak tylko poznał ją, nazwijmy ją Basią, zapowiedział, że owszem, żyć szczęśliwie ma zamiar, owszem, kocha ją, uczciwym człowiekiem jest również, i dlatego z góry zapowiada, że żadne śluby w grę nie wchodzą, bo on w wyniku przemyśleń już dawno doszedł do wniosku, że małżeństwo na ogół się nie udaje, papier niczego nie zapewnia, o dzieciach zaś nie myśli, i co ona na to.

Ona na to, że na ślubie jej nie zależy, że pracę ma fajną i nie będzie jej niszczyć urlopem macierzyńskim, zaręczyny i ten cały cyrk i tak w pięćdziesięciu procentach przypadków kończą się rozwodem, że go kocha i że się zobaczy.

Wszystko to uzgodnili sześć lat temu i przez te sześć lat żyli sobie szczęśliwie, owszem, kłócąc się czasami o drobiazgi, owszem, nawet czasem ze sobą nie rozmawiali przez parę godzin, owszem, nawet się kiedyś obrazili na siebie, ale rozwodu żadnego nie było.

W tym roku udali się na urlop. Jaś leżał na plaży i jak co roku drażnił się z Basią.

– Wiesz, że nigdy się nie oświadczę, ale powiedz mi, o jakim pierścionku marzyłaś, jak byłaś mała?

– Nie marzyłam – odpowiedziała Basia, przyzwyczajona do jego prowokacji.

– Ale gdybyś marzyła, to o jakim?

– Nie wiem, nie marzyłam.

– Nie możesz mi powiedzieć? A możesz wymyślić?

– Z kamieniem. No nie wiem... Ale płaski.

– Taki jak ten? – Jaś grzebał w piasku i wyciągał kolejne kamyki.

– Nie bardzo. Ten jest za okrągły.

– Oczka są na ogół okrągłe.

– Ale się zahacza o wszystko. Rajstopy drze. Pierścionki są niewygodne.

– Ale miałby być złoty czy srebrny?

– No przecież ci mówię, że nie miał być.

– Co ty, nie umiesz się bawić?

– Złoty. Ale z białego.

– Ze złotego jest złoty.

– Niekoniecznie, jest jeszcze białe złoto.

– Białe jak ściana?

– Białe jak srebro.

– Po co ci pierścionek ze złota, który wygląda jak ze srebra?

– A czy ja mówię o pierścionku? Ty o nim mówisz. Daj mi spokój – zdenerwowała się w końcu Basia. – Mam gdzieś pierścionki, wszystko jedno, czy ze złota, czy z brylantami, czy z kamieniami okrągłymi, które wygrzebujesz z piachu.

– Ten zaręczynowy też? – Jaś wyciągnął z kieszeni spodni mały, zgrabny pierścionek, z białego złota, z płaskim pojedynczym brylantem, który od tygodni nosił w kieszeni, wyobrażając sobie, jak Basia zareaguje na tę niespodziankę.

Wiadomo, że kobiety mówią, że nie chcą wyjść za mąż, ale każda o tym marzy. Może się rozpłacze, może wzruszy, może nawet zemdleje?

– Chyba cię zupełnie popierdoliło, chłopcze – powiedziała Basia, która zwykle nie klęła. – Absolutnie nie chcę wychodzić za mąż.

To, co powiedziała potem, jeszcze bardziej nie nadaje się do powtórzenia. Basia na ogół nie używa słów powszechnie uznawanych za obraźliwe, ale tym razem udało jej się wygłosić przemówienie, które Jaśka wbiło w piasek.

Po wielu tygodniach przekonywania jej, że skoro papier nic nie znaczy, to nie będzie przeszkadzał, zaręczyli się, robiąc niespodziankę sobie oraz wszystkim innym.

W październiku zawiadomili rodziców, że Basia jest w ciąży, bo czas najwyższy i dojrzeli do tego, nareszcie są szczęśliwi, od dawna o tym marzyli, dziecko ma już sześć tygodni, jest wielkości ziarnka grochu, chodzą do lekarza co dwa tygodnie, wyniki badania krwi świetne, USG trzy razy już robione, bo najpierw nie było widać, a potem niewyraźnie, a teraz o tu, ten punkcik, to maleństwo takie ciemne z prawej strony to Staś. Albo Franciszek. Nie mają jeszcze pewności, czy Franek, bo może Bogusław.

No, chyba że będzie dziewczynka, to też byłoby nieźle, z tym że dla dziewczynki imię już mają. Irena. Bo Irena to ukochana babcia Jaśka. Jedyna. Niepowtarzalna. Kocha ją całym sercem.

Jest niezwykła, przeżyła powstanie warszawskie, ma dziewięćdziesiąt lat, i w sobotę jadą do niej, żeby ją zawiadomić, że zostanie prababcią.

Taką jej chce zrobić niespodziankę, pokazać, że jest dla niego ważna i jedyna. I już sobie wyobraża, jak babcia się ucieszy, jak się wzruszy, jaka będzie dumna z niego i z małej, słodkiej dziewczynki, którą za niecałe osiem miesięcy weźmie pierwszy raz na ręce i która będzie miała tak samo na imię jak ona.

I pouczał wszystkich, żeby absolutnie nikt się nie wygadał przed babcią, bo on sam ją o tym zawiadomi, i wszyscy muszą przysiąc, że się nie wygadają.

Rodzice obiecali, a on zadzwonił do babci, która mieszkała sama, i próbował się z nią umówić na obiad. Że ją zaprosi, przyjedzie po nią, pojadą do restauracji.

– Ależ kochanie, do jakiej restauracji? Po co? Ja coś zrobię – powiedziała babcia, która ma dziewięćdziesiąt lat.

– Bardzo mi zależy – nalegał Jaś. – Może jutro?

– Kochanie, jutro mam lekarza, w środę idę do banku, w czwartek jestem umówiona z panią Krysią, o, wpadnij, to razem posiedzimy, ona cię lubi – ucieszyła się babcia.

– Nie, chciałbym tak sam z tobą pogadać, to znaczy z Basią chcieliśmy cię zabrać gdzieś...

– Zrobię pierożki z kapustą, Basia je lubi, w niedzielę przyjdźcie.

Musiał biedak ze swoją niespodzianką czekać do niedzieli.

Przez cztery dni Jasiek się zastanawiał, jak babcia zareaguje.

Jak się wzruszy, jak zabłysną być może w jej oczach łzy. Jak się roześmieje. Jaka będzie uradowana. Niespodzianki to jest to, co lubił najbardziej.

W niedzielę pojawili się na Mokotowie. Babcia czekała, stół był nakryty, oprócz pierożków była przygotowana pieczeń wieprzowa w sosie grzybowym i zupa pomidorowa, którą babcia robiła najlepiej na świecie.

– Babuniu, będziemy mieli dziecko – zakomunikował Jasiek. – Zostaniesz prababcią!

– To cudownie – ucieszyła się babcia. – Spróbuj mięsa, takie jak lubisz.

– Babciu kochana – Jasiek poważny, z napięciem wpatrywał się w krzątającą się babcię – mam dla ciebie, specjalnie dla ciebie, jeszcze jedną wiadomość...

– No mów, kochanie...

– Jeśli to będzie dziewczynka, damy jej na imię... – zawiesił głos – Irenka... – dokończył i czekał na łzy wzruszenia.

– Czyś ty kompletnie zwariował, chłopcze?! – krzyknęła dziewięćdziesięcioletnia babcia Irena. – Irenka??? A cóż to za imię?! Nie możecie dać jakiegoś ładniejszego? Żeby tak krzywdzić dziecko!

Mój wróbelek

– Mogłabyś coś zrobić z tą kuchnią – mówi do mnie moja córka raz na jakiś czas.

Mam bardzo porządną kuchnię.

Owszem, listwa, która pilnowała dziury między ścianą a lodówką, leży na podłodze i od lat czeka na życzliwego stolarza.

Listwa została oderwana na siłę przez przystojnego mężczyznę, a mnie przypomina, że są na świecie życzliwi ludzie.

Więc właściwie lubię swoją dziurę koło lodówki. Wyglądającą nieestetycznie.

Ale muszę zacząć od początku.

Pewnego dnia, jakiś czas temu, siedziałam w kuchni przy komputerze nad końcówką *Kryształowego Anioła* i za cholerę moja bohaterka nie chciała się związać z facetem, którego jej przeznaczyłam.

Lubię pracować w kuchni. Pies leżał pod stołem, za oknem śpiewały ptaki, włączyłam czajnik, zaczął szumieć, zrobiłam herbatę, ale prawdę powiedziawszy, nie miałam nic do powiedzenia światu i nie wiedziałam, jak przekonać moją Sarę do tego, by zauważyła człowieka, którego w ogóle nie brała pod uwagę.

Rozejrzałam się po kuchni, pogłaskałam kota i zorientowałam się, że w dalszym ciągu coś szumi. Czajnik już nie pracował.

Wsłuchiwałam się w jednostajny szelest, który cichł na chwilę, żeby znowu wrócić. Drgało coś koło lodówki. Uchyliłam drzwiczki – przestało.

Zamknęłam szybko. Cisza. Siadłam przy stole.

– Trrrrr, trrrrrr – zaczęło.

Kot wskoczył na blat.

Pies postawił uszy.

Zdenerwowałam się.

Coś mam w lodówce, żywego. Niedobrze. Otworzyłam ją znowu i wyjęłam wszystko. Albo było martwe (patrz: kurczak), albo w plasterkach (kiełbasa), albo w słoikach. Nic nie trzepotało. Cisza. Otwarte drzwi, światło i nagle: trrrrrrrr.

Lodówkę miałam obudowaną ze wszystkich stron, z wyjątkiem góry. Wlazłam na blat z latarką i mocno się wychyliłam. W ciemności coś trzepotało.

Zadzwoniłam do sąsiadów mężczyzn – trzeba było rozmontować obudowę i wysunąć lodówkę.

Sąsiadów nie było, przyszła tylko sąsiadka, która oznajmiła:

– Ptak. Zdechnie.

Gdzie tu dzwonić po pomoc? Straż pożarna jest od kotów i szerszeni. Tych ostatnich powiedziała, że się boi. Hydraulik wezwany przez moją ciotkę do studni powiedział, że nie zejdzie, bo tam jest żaba, i się brzydzi, zostały mi policja i pogotowie. Pogotowie odpuściłam.

– Policja? – zapytałam sąsiadkę.

– Nie ryzykowałabym – odparła.

Wykręciłam więc, zdesperowana, numer straży miejskiej.

– W czym mogę pomóc? – zapytał mnie miły głos.

Pokrótce wyjaśniłam, że mam za lodówką ptaka, do którego nie mogę się dostać, że jest trzydzieści stopni w cieniu, lodówka chłodzi jak szalona, czyli grzeje z tamtej strony, i czy oni chcą, żebym ugotowała ptaka?

– Zaraz ktoś u pani będzie – powiedział miły męski, zdziwiony głos.

Straż miejska była w ciągu paru minut.

Składała się z samochodu i jednego młodego, dobrze zbudowanego, przystojnego strażnika.

– Mogę zdemontować, ale potem nie naprawię – uprzedził mnie. – Nie mam narzędzi.

– Mam młotek – pochwaliłam się.

W try miga opróżniłyśmy z Marzenką lodówkę. A on rozmontował bardzo dobrze umocowane listwy, chwycił oburącz lodówkę i wystawił na środek kuchni. Ptaka nie było. Ale gdzieś dalej coś szeleściło, popiskiwało i trzepotało.

Obejrzał żebra chłodziarki.

Tam właśnie siedział wróbelek.

– Nie do wyjęcia – stwierdziła straż.

– Niech pan oderwie te żebra – poświęciłam dobytek.

– Nie da rady, dobra lodówka, solidnie zamontowane.

Siedziałyśmy z sąsiadką w środku absolutnego bałaganu – warzyw, owoców, słoików, nóg kurczaka, pojemników, weków, które się odnalazły po dwóch latach – i nie wiedziałyśmy, co robić.

– Niech pan coś wymyśli – poprosiłam.

– Odkurzaczem może pójdzie. Jakby go wydmuchnąć od spodu... Ma pani odkurzacz? Z tym że może umrzeć z przerażenia.

Umrzeć z przerażenia wydało mi się bardziej humanitarne niż ugotować się w gorącej żelaznej klatce tylnych oprzyrządowań lodówki.

Straż miejska wsadziła rurę z odwrotnej strony, ja stanęłam na stołku, żeby łapać trupa, sąsiadka włączyła odkurzacz.

W moje ręce wpadł wróbelek. Nie ruszał się.

Kuchnia była rozmontowana, listwy do wyrzucenia, wszystko na nic.

Wyniosłam ptaszka na powietrze.

Leżał z łapkami do góry, jak sztuczny.

Marzenka powiedziała:

– Mam klatkę po papudze, daj mi go.

Podałam jej wróbla, poszła. Kiedy była już za domem, rozległ się krzyk:

– Poleciał, żyje!

Straż miejska się uśmiechnęła i pojechała spełniać swoje zadania.

Ja zostałam z dziurą przy ścianie i nieopisanym bałaganem. Nie miałam pojęcia, że moja lodówka jest tak pojemna!

Dobra wiadomość jest poczwórna: przede wszystkim – rzecz jasna, dla ptaka, dla mnie – że okazałam się osobą wysoce szlachetną, poświęcając dobra materialne na rzecz wartości duchowych, dla sąsiadki – że postawiła trafną diagnozę tej skomplikowanej sytuacji, oraz dla straży miejskiej w Milanówku – do dzisiaj pewno opowiadają sobie o pewnej wariatce, która gotowa była rozmontować dom, żeby tylko nie robić tego, co powinna!

Pociągi
i świerszcze

„Pani Kasiu, coś, co rozbawi chociaż jednego człowieka. Jakąś dykteryjkę wakacyjną".

Niełatwo się pisze w takie upały.

Człowiek nie wie, gdzie się schować, roślinność kładzie się na ziemi w poszukiwaniu cienia, sucho i duszno, deszczu ani widu, ani słychu. Podlewać trawy nie można w dzień, bo się zagotuje, i nie można wieczorem, bo wody w naszym wiejsko-podmiejskim wodociągu brakuje. A brakuje, bo wszyscy podlewają. I ciśnienia nie ma. I weź tu, człowieku, coś wesołego wymyśl. Albo śmiesznego. Coś, co by choć jednego człowieka rozbawiło.

Nie, nie da się pisać w ogrodzie, wszystko odciąga od pracy. Każda latająca istotka jest bardziej interesująca niż klawiatura.

Wzięłam laptopa pod pachę i udałam się do kuchni.

Kuchnia jest miejscem spokojnym, bezpiecznym i chłodnym, w sam raz na takie upały.

Zrobiłam sobie herbatę i zaczęłam rozmyślać, kiedy ja ten ogród podleję, skoro wody nie ma. Uschnie. Na nic cały wysiłek. Woda taka oczywista, a wtedy, kiedy jest potrzebna, nie ma jej. Że na świecie jest coraz mniej wody. Choć powinnam być szczęśliwa, że mogę zrobić sobie herbatę. Jestem miłośniczką herbaty z cytryną i z cukrem. Czyli fałszywą miłośniczką, jak twierdzi moja bliska koleżanka Hania, bo prawdziwa herbata nie lubi cukru ani cytryny.

Moja lubi.

Nieprawdziwa taka.

Bez cytryny i cukru w ogóle może nie istnieć.

Całe szczęście, że miałam wodę w czajniku.

Więc tak siedziałam sobie w kuchni i mój mózg zajmował się duperelami, kiedy nagle dobiegł mnie dziwny dźwięk. Jakby rura była nieszczelna. Albo piec gazowy postanowił nagle przepuścić przez siebie coś niepokojącego. Jakieś brzęczenie dziwne się rozległo, co słuch postawiło na nogi, a potem ucichło...

Wyostrzyłam zmysły, serce przyspieszyło, chciałam sobie wmówić, że przecież w moim domu nic niebezpiecznego dziać się nie może, ale, niestety, działo się.

Coś pod schodami pobrzmiewało niepokojąco.

Coś się tam działo, i to wcale nie śmiesznego.

Nie chciałam w swoich własnych oczach uchodzić za histeryczkę.

Postanowiłam pójść gdzieś, gdzie nie będę słyszeć rozszczelniającego się pieca i w razie wybuchu być może ocaleję.

Wyniosłam laptopa z powrotem do ogrodu.

Sąsiedzi zamachali zza płotu, więc zamachałam i ja. Może by wpadli? Owszem, mogą na chwilę.

Wpadli. Wymieniliśmy poglądy na różne tematy, z troskliwym omijaniem polityki, bo z sąsiadami żyjemy dobrze i chcemy mieć dobre stosunki zawsze i mimo wybuchów z powodu awarii instalacji gazowej.

Zapytałam, czy może dysponują jakimiś dykteryjkami wakacyjnymi.

Nie dysponowali niczym takim, niestety.

Serce powoli mi się uspokajało.

Psy ledwo dyszały w dogorywającym dniu, więc przyniosłam wino i lód, żeby nam się lżej na nie patrzyło. W kuchni brzęczało w dalszym ciągu, teraz jakby głośniej.

Wieczór obniżył temperaturę do dwudziestu pięciu stopni, lód w szklankach zrobił swoje, ale im na pamięć nie podziałało.

– Wymyślcie mi coś wesołego ku pokrzepieniu serc – odważyłam się powiedzieć, bo wizja tego, że wylecę w powietrze z powodu pieca, wydawała mi się bliska spełnienia.

– Nie mamy nic wesołego na miejscu – powiedziała sąsiadka.

– Ale jak wyjeżdżaliście, to może mieliście jakieś kłopoty? Kiedyś, może nie w zeszłym roku, ale w ogóle? – nie dawałam się zbić z tropu, bo jak człowiek ma zginąć z powodu pieca, który lada moment wybuchnie, to nie wybiera tematów, a każdy cudzy problem był lepszy niż mój.

Nie, nie mieli, jeśli wyjeżdżają na wakacje, to jadą samochodem i bezkłopotliwie.

– Może jakaś delegacja wam się trafiła i coś zabawnego, pociąg nie przyjechał czy coś?

Owszem, ona była w Poznaniu niedawno, pociąg przyjechał, nie spóźnił się, Intercity przyjemne, czyste i z miłą obsługą.

Patrzyłam na nich z rozpaczą.

Mnie się też nie przydarzyło nic, co byłoby warte opisania, a na dodatek miało jakąś optymistyczną pointę. Albo nawet tylko lekko zabawną. Było za gorąco. Na pewno z powodu tych upałów coś się zrobiło z gazem.

– Czy ty, tatusiu, zapomniałeś, że masz zagrać ze mną w badmintona? – Dziesięcioletni synek sąsiadów przeszedł przez furtkę i usiadł przy nas na tarasie.

– Nie zapomniałem, już idziemy – odpowiedział ojciec, który jest dobrym ojcem, i sięgnął po wino z lodem. – Może znasz jakąś fajną dykteryjkę?

– Dykteryjkę? – zapytał synek sąsiadów. – Znaczy do dyktowania?

– No, jakąś fajną historyjkę, którą mogłabym opisać – chwyciłam się tej deski ratunku.

– Ja to najbardziej lubię horrory – stwierdził bardzo nieduży synek sąsiadów i machnął mocno nogami.

– Mamo, powiedzieliście, że za chwilę wracacie. – Przez furtkę przeszła Nimfa, nieletnia córka sąsiadów, bardzo zgrabna.

– Tak, tak, już wracamy, za sekundę, nie znasz żadnej historii, którą ciocia mogłaby wykorzystać? Pomagamy napisać tekst – powiedziała matka i sięgnęła po wino.

– Znam, ale nie mogę powiedzieć, bo one się rozpoznają.

– Kto?

– No wiesz, A i K...

– A?

– No nie mogę powiedzieć nawet imion. – Nimfa przeciągnęła się i spojrzała na nas bez zrozumienia.

– Ja to najbardziej lubię horrory, mogę ci opowiedzieć jeden, o laleczce Chucky.

Westchnęłam. Horror był blisko, w kuchni, z której uciekłam.

– Przecież ty nie oglądasz takich filmów – sprostował szybko ojciec.

Mały rozwalił się na fotelu wiklinowym i spojrzał na ojca wręcz wrogo.

– Właśnie że oglądałem kawałek i mogę ci opowiedzieć, na aiksenie w południe, i ona...

– To ty mu pozwalasz oglądać takie rzeczy pod naszą nieobecność? – Matka Nimfy spojrzała na córkę, która wdzięcznie przysiadła na oparciu wiklinowego fotela i wyglądała jak z obrazu rosyjskiego malarza, bardzo sprzed rewolucji, rzecz jasna.

– Oczywiście, że nie pozwalam. Nie gadaj takich rzeczy.

– A właśnie, że widziałem, i ta laleczka nagle tak mrugnęła, i się przestraszyłem, i...

– Nie możesz oglądać takich filmów. – Siostra spojrzała na brata z wyraźnym pouczeniem.

– A kiedy będę mógł?

– Kiedy będziesz miał na przykład dwanaście lat – odpowiedziała szybko matka.

– Mam już siedemdziesiąt psich. – Synek machnął ręką w kierunku psów, które udawały, że nie żyją.

– Jakich psich? Co ty gadasz? – Nimfa nie poruszyła się, ale spojrzała na brata karcąco.

– Sama mówiłaś, że dla psa rok życia to jak siedem dla mnie.

– Ale ty masz swoje lata, a nie psie – prychnęła Nimfa.

– Mamo, niech ona tak do mnie nie mówi.

– Ja to sobie przypominam tylko jedną historię i mimo upływu lat wydaje mi się ona aktualna.

I chyba dotyczy pociągów. – Sąsiad przeciągnął się i sięgnął po wino.

– Ale naszych czy obcych?

Wszystko było lepsze od mojego strachu przed piecem. Laleczka Chucky była zbawieniem, a nawet pociągi.

– No wszystkich. Facet mieszkał w Zalesiu i kupował bilet do Tokio. No to go skierowali do Warszawy. A w Warszawie mu sprzedali bilet do Moskwy. A w Moskwie do Bangkoku i dopiero z Bangkoku do Tokio. I po dwóch tygodniach...

– Tato, no chyba nie chcesz powiedzieć, że jechał pociągiem, tato, są samoloty. – Córka Nimfa spojrzała na ojca z wyrzutem i osunęła się na oparcie fotela mamy.

– Ale on akurat jechał pociągiem. Ciocia chciała coś o pociągach.

Nie prostowałam. Chciałam cokolwiek, co by odwróciło moją uwagę od niebezpieczeństwa, które skrywało się sprytnie w moim piecu gazowym. Mogło być o wakacjach, a pociągi to była desperacka próba naprowadzenia siebie i innych na jakieś optymistyczne historie.

– Na pewno przez Bangkok? To jest po drodze? – Nimfa trochę się skrzywiła.

– Nie wiem, to jest tylko dowcip! Mogę skończyć? Po dwóch tygodniach wracał do swojego

Zalesia, prosi w tym Tokio o bilet, i wtedy w kasie go zapytali, czy do Zalesia Górnego, czy Dolnego.

– Jezu, przecież są komputery... – powiedziała Nimfa.

– Ale kiedyś nie było – ratowałam sytuację.

Dzieci spojrzały na siebie z dezaprobatą, a ja zastanawiałam się, co takiego zrobiłam, że mój piec może eksplodować. Może nie było prądu przez moment i się wyłączył, a potem nie wiedział, jak się włączyć i coś się przerwało w obiegu? Albo wprost przeciwnie?

– To wcale nie jest śmieszne.

– Jest – powiedział sąsiad ojciec.

– Nie jest – stwierdził synek. – A ja chcę grać w badmintona, za chwilę będzie ciemno. Niech ciocia coś wymyśli o psach albo kotach, bo to jest fajne. Albo o innych zwierzętach. Gramy czy nie gramy, i właśnie że będę oglądał horrory wcześniej, zanim skończę dwanaście lat.

– Otóż oświadczam ci, że nie będziesz – powiedziała jego siostra i wstała z oparcia fotela.

– A założysz się? Mamo, dlaczego ona się wtrąca, ona nie ma do mnie żadnych praw – rozżalił się synek.

– Ale ja mam, i nie będziesz. Idziemy. – Marzenka również wstała, zebrała towarzystwo i spojrzała na mnie przepraszająco. – Coś wymyśl, zwierzęta to dobry pomysł. Pamiętasz, jak ratowałyśmy ptaszka? W gruncie rzeczy chodzi o to, żeby rozbawić chociaż jedną osobę...

Niestety, tego wieczoru chodziło o to, żeby rozbawić mnie. Odciągnąć moją uwagę od pieca, który miał zamiar mnie zabić, do czego za żadną cenę bym się nie przyznała.

– Pójdziemy już – powiedzieli moi sąsiedzi i poszli do siebie.

Zostałam z lodem w szklance i laptopem, który przypominał mi, że mam tekst do napisania i że być może jest to ostatni tekst w moim życiu.

Wróciłam do kuchni.

Wieczór zrobił się cichy, spokojny, zapach maciejki wysączył się spomiędzy kamieni, księżyc nieśmiało wychylił się zza drzew.

I wtedy ponownie coś zachrobotało. No, może to nie był pisk, ale dziwne dźwięki. Bardzo dziwne. Rytmiczne.

To nie był mój wymysł.

Każdy człowiek, który miał piec gazowy, wie, że jest to urządzenie ciche, czasem zaszumi, jak nagrzewa wodę, ale nie świszcze. Świszcze ulatniający się gaz, tuż przed wybuchem.

Czas stanąć oko w oko z rzeczywistością. Nie mogę tego dłużej lekceważyć i udawać, że nic się nie dzieje.

Weszłam do pomieszczenia, w którym czaił się mój piec.

Przyłożyłam ucho.

Nie miałam zwidów słuchowych.

Zaczęły mi się trząść ręce ze zdenerwowania.

Mimo późnej pory zadzwoniłam do siostry ciotecznej, bo sąsiadów wstyd mi było niepokoić. Przecież wyszli przed chwilą i myśleli, że mój stan jest spowodowany niemocą twórczą.

Moi kuzynostwo znali specjalistę od gazu i bardzo się przejęli.

– Wyjdź na wszelki wypadek z domu – poradziła kuzynka.

– Zadzwoń do niego i powołaj się na mnie, tylko szybko – powiedział jej mąż.

Zadzwoniłam.

Pan specjalista od gazu głosem sennym i niezbyt zadowolonym przepytał mnie na okoliczność wskaźników, gałek, numerków i wskazówek.

– Coś się ulatnia i to jest bardzo głośne! – prawie się rozpłakałam.

– Jest po dziesiątej, a jestem dwadzieścia kilometrów od pani, pogotowie gazowe ewentualnie niech pani wezwie... – Pan w telefonie chciał jak najszybciej iść spać. Lekceważył mnie.

– Niech pan posłucha! – błagałam, bo dźwięk od strony pieca był coraz głośniejszy. – Ja przyłożę słuchawkę, może pan usłyszy... – Desperacko machałam telefonem przy piecu. – Słyszał pan? – Wiedziałam, że jestem o krok od katastrofy.

– Cokolwiek to jest, niech pani będzie spokojna. – Specjalista próbował mnie upewnić, że piec ma odpowiednie zabezpieczenia.

Nie wierzyłam w ani jedno słowo.

Dźwięk stawał się coraz bardziej przerażający.

– Ale czy może pan posłuchać? – Przyłożyłam słuchawkę do obudowy pieca. – Słyszy pan???

– Teraz słyszę... Jak Boga jedynego kocham... – roześmiał się specjalista – to mi się jeszcze nie zdarzyło!

Zamarłam.

– Naprawdę chce mnie pani wezwać do świerszcza? – I rozłączył się.

No cóż.

Upalny dzień skończył się dość optymistycznie.

Mój piec okazał się jak najbardziej w porządku.

Pogotowie gazowe nie zostało wezwane do świerszcza.

I udało mi się rozbawić jednego człowieka.

Moja rodzina pojechała na wakacje

– Ty, a jak się nazywasz?

– Nie twoja sprawa.

– Może i nie moja, ale ciekaw jestem, skoro się już poznaliśmy.

– Wcale się nie poznaliśmy, po prostu spotkaliśmy się przypadkiem, i tyle. Nie jestem zainteresowany rozmową z tobą.

– Ja też nie. Mnie wcale nie zależy. Oho, znalazł się wielki pan, myślałby kto!

– A owszem, wielki. I wcale tu nie mieszkam.

– Przecież wiem, znam tu każdego.

– W takiej dziurze nikt by nie chciał mieszkać.

– Ty, bo ci się odgryzę!

– Ale groźny jesteś, już się boję, patrz, jaki mnie strach obleciał! Się cały trzęsę!

– Owszem, trzęsiesz się.

– Wcale że nie!

– Normalnie aż cały latasz. Ty, może ty jesteś chory?

– Wcale nie jestem chory, weź idź stąd!

– Ja??? Śmieszne takie, że aż zabawne. Sam sobie idź. Ja tu mieszkam. Czemu się trzęsiesz? Przecież nie z zimna, gorąco jest. Lato. Lubię lato. Ty tu na wakacje przyjechałeś? Do kogo? Skąd jesteś? A może byśmy się czegoś napili? Chodź, znam fajne miejsce. I coś przegryziemy. Nie obrażaj się, ja to jestem towarzyski, jak nowa morda, to normalnie chcę od razu zagadać. Wiesz, nie wiadomo, kiedy kto się z kim zwącha, jak to mówią, i co z tego wyniknie, co nie?

– No, może i bym się czegoś napił.

– No to chodź. Tu niedaleko. W cieniu można posiedzieć, odpocząć. O masz. Spragniony byłeś. I głodny. Jak wilk! Za przeproszeniem. Na długo tutaj?

– Nie. Na wakacje jadę, z rodziną.

– Do kogo? Do Ruciakowej? Na końcu wsi? Ona ma rodzinę w mieście. Z miasta jesteś?

– No chyba widać.

– Chyba widać, słychać i czuć. Ty nawet do fryzjera chodzisz, no nie wierzę!

– A ty chyba nigdy.

– I biżuterię masz. Pewno jakaś baba ci kupiła.

– No i co z tego?

– Ja tam uważam, że mężczyzna swoje powinien robić. Mieć swój rozum. Nie powinien dać się prowadzić na smyczy. Wolność to jest to, czego szukam. I znajduję. Skąd jesteś?

– Z Warszawy.

– O rany! Z samej stolicy? Jak tam jest? Podobno taki ścisk, że się przejść nie da. Wszystko wybetonowane. Ludzi kupa. Spieszą się gdzieś. I jak chcesz przejść przez ulicę, to jakbyś samobójstwo popełniał.

– Bez przesady. Trzeba iść w kupie, to ci się nic nie stanie. Jeśli przebiegniesz sam, to owszem, wypadki się zdarzają.

– No to gadaj: do kogo przyjechałeś?

– Do nikogo tutaj. Po prostu jadę z rodziną na wakacje. Nad morze.

– O rany! Nie gadaj! Nad morze?

– Nad samo morze. Prawdziwe morze. Na Hel. Szykowaliśmy się od tygodnia chyba. Wiesz, bo to trzeba i samochód przygotować, żeby w drodze się coś nie zepsuło, z dzieciakiem szczególnie kłopot, bo w krzesełku takim do samochodu, co się wkłada, to pas nie działał i musieliśmy kupić nowe, Magdalena cała zdenerwowana, bo jak zwykle nie wiedziała, co spakować, co na siebie włożyć i że kostium z zeszłego roku źle leży, bo przytyła, chociaż moim zdaniem wcale a wcale nie przytyła...

– No, kobiety to już takie są...

– One bez przerwy się czymś martwią. Albo martwią i denerwują. Wtedy są brzydsze trochę, nie?

– Dużo brzydsze i brzydziej nawet pachną.

– Ale nie zdają sobie z tego sprawy. Jednym słowem, wszyscy byliśmy poddenerwowani. Nawet ja. Chociaż zwykle jestem najspokojniejszy z całej rodziny, nawet jak mi mały na głowę wchodzi.

– Ja nie lubię dzieci, potrafią być wredne.

– Jak masz do nich cierpliwość, to nie są takie złe. Czasem nawet całkiem przymilne. No i dzieci to potrafią kochać.

– Akurat.

– Artur za mną przepada, zapewniam cię. Przy mnie czuje się bezpieczny. Magdalena to zawsze powtarza: „Tylko z tobą Arturka mogę bezpiecznie zostawić".

– No i gdzie oni są?

– No właśnie, w tym cały problem. Rozumiesz, spakowaliśmy się, wyjeżdżaliśmy skoro świt, trochę byłem zdziwiony, bo Magdalena zostawiła moje rzeczy, ale w tym pośpiechu to całe szczęście, mówię ci, że Artura nie zapomnieliśmy, poza tym tam na miejscu są jakieś sklepy, a ja wiele nie potrzebuję, no i jak mówię, jedziemy, jedziemy...

– No? Weź szybciej mów, bo zaraz zgubię wątek.

– No i zatrzymaliśmy się w lesie, tu niedaleko, bo wiesz, za potrzebą musiałem iść, no i wracam, a ich nie ma... Zgubiliśmy się. Albo nie trafiłem na miejsce, bo owszem, trochę odszedłem dalej, wiesz, jak to jest, wszystko chce się zobaczyć, tyle wrażeń...

– Co ty, głupi jesteś? Jak mogłeś nie trafić?

– Może i trafiłem, ale samochodu już nie było. Może musieli odjechać, policja albo coś... Wiesz, znak zakazu, nakazu...

– W lesie? Zwariowałeś? Długo cię nie było?

– Ze trzy, no, może z pięć minut...

– Stary... Nie chcę cię pozbawiać złudzeń, ale...

– No i teraz muszę trafić nad morze. To daleko stąd? Jak tam się idzie? Wiesz, ja już nic nie czuję... Może powinienem na nich tu poczekać? Wrócić tam, do tego lasu? Po prostu nie wiem, co robić... Oni się będą martwić, będą się niepokoić...

– Kłopot mają z głowy, ty głupku!

– Nie mów tak! Może inni tak robią, ale nie Magdalena, nie Piotr! Oni mnie kochają, nie rozumiesz?

– Kochają, taaa, akurat. Pobawią się, uczeszą, do fryzjera zaprowadzą, jaki grzeczny piesek, powiedzą, a potem wyrzucą z samochodu w środku lasu, bo im przeszkadzasz po prostu, bo na wakacje jadą... I po miłości... Buras jestem, a na ciebie jak wołają?

– Reza Pahlawi.

– Nie maż się, Reza, życie to nie je bajka. Idziesz? Twoja rodzina po prostu pojechała na wakacje... I tak miałeś szczęście, że cię nie przywiązali do drzewa...

Z prośbą o dobre traktowanie wszystkich istot żywych.

Dwadzieścia siedem sześćdziesiąt

Pewnego dnia Człowiek, Którego Znam Dobrze, mieszkający w małej miejscowości podwarszawskiej, nieźle sytuowany, pojechał do Warszawy odwieźć znajomego na pociąg. Dworzec Centralny w stolicy jest miejscem, delikatnie rzecz biorąc, wymagającym uwagi.

Kiedy stanęli przed dworcem – bo kolega chciał zapalić – natychmiast podszedł do nich jakiś mężczyzna, lekko obdarty, lekko cuchnący alkoholem, lekko przybrudzony, i wygłosił metalicznym głosem formułę:

– Bardzo – przepraszam – mam żonę chorą na raka – mam dwoje dzieci, kaleka jestem, nie mam pieniędzy – dobrze panu z oczu patrzy – nie zostawi pan człowieka na jego losie – czy byłby pan łaskaw wspomóc, szanowny panie...

Człowiek, Którego Znam Dobrze ostro powiedział:

– Proszę nas zostawić w spokoju.

Pan Przybrudzony natychmiast zmienił ton głosu.

– Najmocniej przepraszam. A może chociaż papierosa pan da?

– Chodźmy na peron – powiedział z niesmakiem Odjeżdżający i Panu Przybrudzonemu dał papierosa.

Skierowali się do hali dworcowej. Z oddali jeszcze usłyszeli Pana Przybrudzonego, który stanął przy innych przyjezdnych:

– Bardzo przepraszam – mam żonę chorą na raka, dwoje dzieci – jedno kaleka, nie mam pieniędzy...

Na peronie zastali tłum ludzi. Do odjazdu było jeszcze parę minut. Stanęli pod tablicą informacyjną i wtedy podeszła do nich młoda dziewczyna, lekko złachmaniona, z nieświeżym oddechem, i wyrecytowała:

– Najmocniej – przepraszam – ale – właśnie – wyszłam – ze – szpitala – na Nowogrodzkiej – gdzie – byłam – naświetlana – i – nie – mogę – wrócić – do – Wrocławia – proszę – na bilet.

– O której ma pani pociąg? – zapytał przytomnie Odjeżdżający.

– A to bardzo przepraszam. – Dziewczyna natychmiast odwróciła się na pięcie i zniknęła im z oczu.

– Na Nowogrodzkiej? Tam nie ma żadnych naświetlań – westchnął Człowiek, Którego Znam Dobrze.

Wsadził kolegę do pociągu, pociąg odjechał, a on udał się na parking. Wtedy za łokieć złapała go Złachmaniona.

– Najmocniej – przepraszam – ale – właśnie – wyszłam – ze – szpitala – na Nowogrodzkiej, gdzie byłam naświetlana...

– Już się widzieliśmy na peronie – powiedział.

– Najmocniej przepraszam – odparła Złachmaniona i zniknęła mu z oczu ponownie.

Jechał do domu i był wściekły. Pomyślał, że już woli takich, co siedzą z tabliczką „Zbieram na piwo", bo przynajmniej są uczciwi. Że co to jest, żeby w środku miasta roiło się od naciągaczy, wszak uczciwi ludzie nie napastują innych. Najczęściej nie żebrzą. Raczej szukają pracy jakiejkolwiek. Są dumni. A jakiś pijaczyna i tak przepije, co dostanie, dziewczyna wpuści sobie w żyłę kolejną działkę... Świat jest niesprawiedliwie urządzony.

Kiedy dojechał do swojego miasteczka, zatrzymał się przy jednym z dwóch sklepów. Gdy wysiadał z samochodu, podszedł do niego biednie wyglądający pan i wyszeptał:

– Przepraszam, nie mógłby pan wspomóc potrzebującego? Nie mam na jedzenie...

I wtedy właśnie Człowiek, Którego Znam Dobrze się naprawdę wkurzył. Chociaż w ogóle miał charakter anielski i lubił pomagać ludziom.

– Nie ma pan na jedzenie? Na jedzenie? Bo co? Rak? Podróż? Dzieci kalekie? To proszę ze mną! – I popchnął pana w stronę sklepu. Wcisnął mu do ręki koszyk i szedł tuż za nim. – To proszę sobie wybrać zakupy!

– Mogę? – Człowiek wyciągnął rękę w kierunku mleka.

– Mogę? – Wyciągnął rękę w stronę kaszy.

– Mogę? – Spojrzał w stronę chleba.

Wybierał najtańsze rzeczy. Mleko, kasza, mąka, cukier, biały ser, kawałek żółtego, jajka. Za każdym razem, kiedy na coś miał ochotę, odwracał się i pytająco patrzył na Człowieka, Którego Znam Dobrze.

A Człowiek, Którego Znam Dobrze szedł za nim i było mu coraz bardziej wstyd.

W koszyku wylądowały najtańsze artykuły i jeszcze dodatkowo dwa kilo mąki.

Podeszli do kasy.

Człowiek, Którego Znam Dobrze usłyszał:

– To wszystko? Razem dwadzieścia siedem sześćdziesiąt.

Wyjął pieniądze i zapłacił.

Pan z Zakupami odwrócił się i powiedział:

– Bardzo panu dziękuję. Naprawdę bardzo, to starczy na parę dni.

Człowiek, Którego Znam Dobrze wrócił do domu. Zaparkował na podjeździe, nalał sobie kieliszek wina, usiadł przy stole.

Zdał sobie sprawę, że właśnie tak wygląda życie. Że wśród paru osób, które chcą cię oszukać, wykorzystać – jest na pewno przynajmniej jedna, która naprawdę potrzebuje pomocy. I nie wolno jej ominąć, bez względu na to, ile razy nam się zdarzają spotkania z tymi innymi.

Człowiek, Którego Znam Dobrze stara się o tym pamiętać. Nie zawsze mu się udaje, czasem zapomina, kiedy stoi w kolejce, kiedy w urzędzie piętnasty raz dowiaduje się, że ma donieść jakiś papier, że musi przyjechać jeszcze raz, w przychodni, gdzie czeka trzy godziny na lekarza, a kolejna osoba wchodzi bez kolejki, ale wtedy sobie powtarza: dwadzieścia siedem sześćdziesiąt, dwadzieścia siedem sześćdziesiąt.

I uświadamia sobie, że nic nie wie ani o tych ludziach, co go drażnią, ani o tych wpychaczach kolejkowych nie wie nic, a wśród nich jest może ten jeden bardziej chory, bardziej potrzebujący.

– Za dwadzieścia siedem sześćdziesiąt odebrałem bardzo ważną lekcję – powiedział mi kiedyś.

Życzę wszystkim takich Dwudziestu Siedmiu Sześćdziesiąt.

To nie muszą być pieniądze.

To odrobina uważności.

Bo tylko od nas zależy, czy świat wokół nas będzie lepszy.

A będzie tylko i wyłącznie wtedy, kiedy my będziemy lepsi.

Cud z trumną w tle

Niech nikogo nie zwiedzie tytuł – nie ograniczajmy się do tego, co kojarzy nam się ze smutkiem czy rozstaniem. Przeczytałam kiedyś smutną historię z optymistyczną pointą: „Było ich czterech. Każdy miał ostatnią deskę ratunku. Wszystkie cztery starczyły ledwie na jedną trumnę. Którą sprzedali".

Historia, którą usłyszałam wczoraj od sąsiada, bardzo mi ją przypomina.

– Co nowego? – zapytałam.

– U mnie nic – ożywił się – ale znajomej przydarzyła się ciekawa rzecz.

Otóż znajoma sąsiada ma dziadka, a dziadek jest chory od paru miesięcy i leży. Babcia cierpi, bo sąsiedzi, z którymi była w dobrych stosunkach, jakoś przestali ją odwiedzać, choroby się każdy boi, a ona nie poprosi, żeby ktoś przyszedł. Dziadka samego zostawić nie chce, do sklepu idzie, jak ktoś z rodziny przyjedzie, więc codziennie dyżury, kto dziś odwiedzi babcię. Znajomej matka nie żyje, ojciec rencista po dwóch zawałach, ona w pracy za tysiąc osiemset do piątej po południu, ciężko jest.

Mieszkają daleko od siebie, ale jakoś dawali radę. A teraz się okazało, że mimo opieki dziadkowi zrobiły się odleżyny. Wezwany lekarz powiedział, że trzeba na czas rekonwalescencji, która potrwa długo, załatwić łóżko przeciw odleżynom i będzie dobrze.

Dobrze nie było, bo wszyscy wpadli w panikę. Łóżko drogie, ledwo wiążą koniec z końcem, skąd na to wszystko brać?

Znajoma obdzwoniła od razu wszystkich przyjaciół, może kto poratuje.

I oto stał się cud, bo za dwie godziny ktoś oddzwonił, że owszem, jest takie łóżko, tylko trzeba je dzisiaj do osiemnastej zabrać pilnie, bo mieszkanie jest likwidowane.

Jak załatwić transport w ciągu trzech godzin? Znajoma obdzwoniła przyjaciół po raz wtóry i okazało się, że owszem, przyjaciel przyjaciela, pan K., może pomóc.

Jest tylko taki problem, że towar by musiał zostawić przed domem, bo inaczej nie zapakuje łóżka, i czy ktoś tego towaru mu przypilnuje.

Bo on akurat jest na Mokotowie.

Znajoma kazała babci wyjść z domu i czekać na pana K., a sama wsiadła w taksówkę i pospieszyła do dziadków, żeby dziadek nie był sam.

Przed domem babci zastała babcię.

Babcia siedziała na trumnie.

Trumna stała tuż koło drzwi wejściowych.

Wokół babci zaś było mnóstwo sąsiadów, którzy składali jej kondolencje. Babcia była w siódmym niebie.

Okazało się, że pan K. jest właścicielem karawanu i że owszem, po łóżko mógł pojechać, ale akurat trumnę wiózł.

No i albo trumna, albo łóżko.

Rozpromieniona babcia tłumaczyła sąsiadom, że mąż żyje i że są na tym świecie wspaniali ludzie.

Kiedy przyjechał karawan, sąsiedzi pomogli wnieść i zainstalować łóżko oraz włożyli pustą trumnę do karawanu. Sąsiadki przyniosły ciasteczka, żeby z babcią posiedzieć.

Babcia mówi, że ta pusta trumna to jakiś cud. Że wszystko się odmieniło. Że ludzie są tacy dobrzy. Że sąsiedzi teraz tacy życzliwi. Że wychodzi. Że nie jest sama, a i odleżyny dziadka zniknęły!

– Tacy ludzie są niepoważni – powiedział sąsiad, zabrał się i wyszedł.

A ja zostałam z tą trumną i życzliwością ludzką.

Która jest na wyciągnięcie ręki.

Trzeba tylko do kogoś tę rękę wyciągnąć.

Bardzo często czasami

Kiedy jestem w kiepskim nastroju, co mi się zdarza, nie bardzo wiem, co ze sobą zrobić.

Najpierw, rzecz jasna, do czego niechętnie się przyznaję, siadam z pilotem i naciskam guziczek od zmiany programów.

Na ogół okazuje się, że począwszy od dziennika, w którym mnie ktoś informuje o kolejnym trzęsieniu ziemi, przez rozliczne seriale, w których okazuje się, że ktoś nagle kogoś porzuca, do National Geographic, gdzie pokazują mi sekcję żyrafy, a w międzyczasie trafi się jeszcze jakiś program o morderstwach – wszystko sprzyja mojemu kiepskiemu nastrojowi.

Wyłączam więc telewizor i zajmuję się użalaniem się nad sobą. Że zimno. Że jestem sama. Że nikt nie dzwoni. Że nikt o mnie nie myśli. Że świat jest pełen niebezpieczeństw, a na dodatek nie kupiłam masła. I nie zrobiłam nawet obiadu. Szukam więc dalej powodów, dla których nic robić nie warto.

I właśnie kiedy byłam na najlepszej drodze do popadnięcia w czarną rozpacz – zadzwonił telefon i zostałam uprzejmie powiadomiona, że mam odebrać mojego wnuczka wraz z parką uroczych dzieciaków z Warszawy, i wnuczek zostaje przez trzy dni u mnie wraz z trzema swoimi psami, i co ja na to?

Ja na to, że proszę bardzo.

Razem z moimi dwoma będzie pięć psów, co naprawdę nie stanowi problemu. W domu będą wszędzie kudły, bo psy się kochają i cały dzień biegają, szczekają, skaczą po kanapach, gonią się. Ja pracuję, a one wokół stołu szarpią się i warczą radośnie, wyżerają sobie z misek, chcą wyjść albo wejść, albo znowu wyjść, albo natychmiast wejść. A potem znowu wyjść. A i tak jeden z nich sika za zasłoną, bo ją sobie upodobał.

Nie miałam masła, ale miałam mąkę. I mleko. I ser biały. Zrobiłam szybko szesnaście naleśników z serem i ruszyłam do Warszawy, a mam – drobiazg – trzydzieści pięć kilometrów.

Zgarnęłam dzieci, które natychmiast rozsiadły się na tylnych siedzeniach i zaczęły śpiewać. Oraz nagrywały to, co zaśpiewały, na telefonie, a jakiś nieznany mi specjalny program miksował to wszystko i wychodziły śmiesznotki. Urocza dziewczynka, która cały czas proponowała, żeby na trzy głosy zaśpiewać jakąś piosenkę, była pouczana przez chłopców, że się nie zna i że zaraz, bo teraz będą śpiewać: krowa ma, krowa ma mleko, krowa ma mleko i cycki.

Dziewczynka wreszcie przez ten rejwach się przebiła i powiedziała:

– A mój tata mówi bardzo często czasami, że właśnie mam rację.

Bardzo często czasami! Po moim porannym depresyjnym nastawieniu do życia „bardzo często czasami" otworzyło mi oczy na inny świat.

Bo czy ja jestem smutna? Bardzo często czasami bywam smutna. Bardzo często czasami bywam przygnębiona. Ale również bardzo często czasami jestem zadowolona z życia, niezależnie od tego, co się dzieje. I czy ktoś dzwoni. I czy pada. Czy mam pięć psów, czy tylko dwa. Bardzo często czasami mam ich pięć, kiedy moje dzieci wyjeżdżają na wakacje.

Wieczór, który miałam spędzić na użalaniu się nad sobą oraz na pracy, zajęły dzieci.

Chciały naleśniki. Chciały pić. Chciały pograć w grę. Chciały ze mną rozmawiać i tarzać się z pięcioma psami.

Kiedy znajomą dwójkę odwiozłam po dziewiątej do domu, mój wnuczek zaproponował, żebyśmy teraz pograli w grę planszową, skoro czas na dyrdymały elektroniczne się wyczerpał, i do jedenastej wydawał się bardzo zadowolony z życia.

Padłam od razu po tym, jak zmusiłam go do umycia zębów i wejścia do łóżka.

Rano nie miałam czasu myśleć o tym, jakie to życie jest smutne i że nikt nie dzwoni, bo trzeba było odpowiedzieć na tysiące bardzo ważnych pytań w rodzaju: dlaczego ja muszę czytać te głupie lektury, dlaczego ja muszę odrabiać te głupie lekcje, dlaczego ja muszę pisać charakterystykę tej głupiej dziewczynki, dlaczego potrzebna jest szkoła, dlaczego nie ma masła, dlaczego nie mogę coli, dlaczego rośnie mi siódemka, dlaczego człowiek ma włosy w nosie, dlaczego nie mam w komputerze programu – i tu nastąpiła nazwa, której nawet nie potrafię wymówić – a dlaczego nie można odrobić angielskiego później itd., itd.

Sprytnie umówiłam się ze znajomymi, że wezmą mojego wnuczka razem ze swoimi dziećmi na zajęcia w Warszawie, a ja pojadę po całą trójkę i ją rozwiozę do domu po zajęciach. W ten prosty sposób miałam trzy godziny wolnego. Bardzo często czasami mam takie podarowane trzy godziny.

Mogę wtedy spokojnie robić, co chcę. Postanowiłam tym razem napisać o smutku.

Ale ledwo otworzyłam laptop, wpadli sąsiedzi na sekundę, bo u nich Internetu nie ma. Mogą? Mogą, rzecz jasna.

– Piszesz?

– Próbuję.

– O czym?

– Jeszcze nie wiem.

– Napisz, jak Zbyszka zatrzymała policja. Mówiłam ci? Nie? Jechaliśmy wieczorem i on jechał za szybko. I od razu jak go zatrzymali, to powiedział, że wie, że jechał za szybko i że popełnił przestępstwo. Całkiem serio to mówił. To policjant mówi, że nie przestępstwo, tylko wykroczenie. To Zbyszek mówi, że owszem, przestępstwo, ponieważ się zagapił i mógł przy tej szybkości kogoś zabić. Ale pan nie zabił – mówi ten policjant. Ale mogłem – jakaś staruszka by wyszła na jezdnię i bym nie zahamował – powiedział Zbyszek. To trasa szybkiego ruchu – wyjaśnił policjant – tu staruszki nie przechodzą. Proszę mnie ukarać najwyższą karą, bo jestem świadomy. Jakieś dziecko na rowerku by jechało – upierał się Zbyszek – nie zauważyłbym. O trzeciej w nocy? Dziecko na rowerku? Policjant nawet nie był podejrzliwy. Tu nie ma dzieci na rowerkach. Proszę pana! – krzyknął Zbyszek – zawiniłem! Nie będę się usprawiedliwiał! A to jedź pan – machnął ręką policjant. I ty wiesz, że pojechaliśmy?

– To ładna historia – mówię – ale chciałam napisać o smutku, wiesz, depresyjności...

– A jak zatrzymali Ankę i ją tylko pouczyli, to wiesz, co powiedziała? Że ona widziała *Drogówkę* i że wcale a wcale nie wierzy w nic, co w tym filmie było. I też się uśmiali. Zbyszek, musimy lecieć.

I zniknęli, zostawiając po sobie smugę radości.

Bardzo często czasami się tak zdarza, że jak masz już w końcu trzy godziny i coś chcesz pożytecznego zrobić, to ktoś wpada.

A potem się okazało, że już muszę wyjeżdżać do Warszawy, i nic nie napisałam.

Wnuczek oznajmił, że koledzy jednak pojadą z rodzicami, a on jest bardzo głodny na big-maca. Ja to rozumiem, że ktoś jest głodny na coś, a nie ogólnie. Taka zupa pomidorowa nie jest w stanie zaspokoić głodu na śledzia w śmietanie. Albo głodu na czekoladkę.

Pomyślałam sobie, że własne dziecko wychowałam i że wnuczkowi się coś od życia należy, i bardzo często czasami to jest coś niezdrowego.

Wnuczek był zachwycony, powiedział, że jestem czadową babcią, i spytał, czy może do mnie przyjeżdżać częściej.

Kiedy w końcu położyłam go spać, siadłam przed telewizorem, żeby wbić się w nastrój żałoby, smutku, przygnębienia, o którym chciałam pisać.

Ale w dzienniku pokazali maciupkiego białego lewka, który się gdzieś urodził, w serialu padli sobie w ramiona ci, którzy rozstali się wczoraj w poprzednim odcinku, na National Geographic już nie było żadnej sekcji, tylko wyciągali bawołu, który zakopał się w błocie i potrzebował pomocy ciągnika, żeby przeżyć, i ludzie mu ten ciągnik zapewnili, i bawół był szczęśliwy.

Wszystko jaśniało radością, a w programie kryminalnym tym razem odnaleźli zaginioną, która po prostu żyła sobie gdzie indziej, bo miała dosyć i uciekła. I nic się jej nie stało.

Bardzo często czasami rzeczywistość odpowiada na nasze potrzeby.

Tam gdzie chcemy widzieć smutek, będzie smutno.

I odwrotnie.

I odwrotnie!!!

O czym muszę pamiętać bardzo często czasami.

Łączenie

Świat jest tak skonstruowany, że wszystko się łączy.

Co miałam okazję zaobserwować w przedziale pociągu relacji Warszawa–Kraków. Do przedziału najpierw wsiadła Jeszcze Starsza Pani, elegancka, i zapytała:

– Czy mogłaby pani przesunąć się odrobinę w tę stronę, bo chciałabym powiesić płaszcz tutaj? Czy mogłaby mi pani pomóc umieścić torbę na tej półce? Mnie już ciężko ręce podnieść, dziękuję bardzo...

Potem do przedziału zajrzały dwie dziewczyny, sprawdziły z biletami numerki znad siedzeń, spojrzały na mnie i na ową Jeszcze Starszą Panią dość niechętnie, powiedziały grzecznie: „Dzień dobry", i bez niczyjej pomocy rzuciły swoje dwie torby na górną półkę, wyjęły papierosy i zniknęły.

– Palenie zabronione w całym pociągu – powiedziała w przestrzeń Jeszcze Starsza Pani. – Prawda? Już weszły przepisy antynikotynowe w życie.

Milczałam.

– To już chyba dwa lata. A może rok. Nie wiem, nigdy nie paliłam. – Jeszcze Starsza Pani informowała przestrzeń przedziału o swoich poglądach, ja udawałam, że czytam.

Pociąg ruszył, do przedziału wsunął się młody mężczyzna, usiadł koło okna, naprzeciwko mnie.

Pociąg stukotał miarowo, krajobraz za oknem się zmieniał.

– Bardzo pana przepraszam, ale czy byłby pan tak uprzejmy i zdjął mi torbę? To ta czerwona, specjalnie położyłam na tej półce, bo gdyby pociąg nagle zahamował...

Przed oczami miałam scenę z *Dnia świra*. Tam też pewna pani poprosiła Kondrata, żeby jej pomógł zdjąć bagaż, więc z zaciekawieniem obserwowałam pana poproszonego.

Mężczyzna podniósł się bez słowa, sięgnął na półkę, zestawił torbę.

– Bardzo panu dziękuję, przepraszam za kłopot, tylko wyjmę książkę, świetna powieść... I gdyby pan z powrotem... – Grzebała w luksusowej torbie, zamek błyskawiczny zakończony był maleńką kłódeczką.

Wyjęła książkę, paczkę cukierków, chusteczki jednorazowe i małą butelkę wody mineralnej. Uśmiechnęła się do pana, potem do mnie.

– Podróże wysuszają – powiedziała przepraszająco, a mężczyzna umieścił torbę na półce. Bez słowa. – Nie wiem, na czym to polega, że człowiek jedzie, a pić się chce. – Zaszeleściła torebką z cukierkami, potem wyciągnęła rękę w moją stronę. – Proszę bardzo.

– Dziękuję. – Pokręciłam głową i wróciłam do bezmyślnego przyglądania się rozłożonej na kolanach gazecie.

– A może pan? – Jeszcze Starsza Pani wyciągnęła rękę w stronę mężczyzny.

– Nie – powiedział krótko i przymknął oczy.

– Czasem dobrze coś przegryźć.

Do przedziału wsunęły się dziewczyny – gdzieś im się udało zapalić, bo zapach tytoniu ciągnął się wyraźny i skondensowany.

– A może panie spróbujecie? Mam wnuczkę w waszym wieku – pochwaliła się, a dziewczyny zachichotały, jedna z nich wyciągnęła rękę i pobrała cukierka.

– To zdecydowanie lepsze niż papierosy – dodała po chwili Jeszcze Starsza Pani i uśmiechnęła się. – Pani to się pewnie odchudza – to pod moim adresem, ale nie zareagowałam – a pan to jak prawdziwy mężczyzna udaje, że go słodycze nie interesują, prawda?

Pan nie przytaknął ani nie zaprzeczył, tylko przymknął oczy.

Jeszcze Starsza Pani westchnęła, i to znacząco, należało coś powiedzieć o słodyczach albo o prawdziwych mężczyznach, albo o papierosach, ewentualnie o wnuczkach, ale nikt z nas się nie odezwał.

Młode dziewczyny wyciągnęły kolorowe pisemka, z których można się było dowiedzieć, kto z kim jest, a kto z kim już nie jest i dlaczego, i znowu zaczęły chichotać.

– Co tam takiego wesołego? – zapytała Jeszcze Starsza Pani, ale jedna z dziewczyn wymamrotała:

– A takie tam...

I Jeszcze Starsza Pani zrozumiała, że kontaktu żadnego z nami nie nawiąże. Otworzyła swoją książkę i zamilkła. I nareszcie zapanował spokój.

Przed Krakowem pani odłożyła poważną książkę, którą przeczytała od dechy do dechy.

– Takie ładne kobiety i niech pani spojrzy, co ze sobą zrobiły...

Wzięłam do ręki gazetę i jęknęłam.

Cała strona wielkich znanych – przed operacjami plastycznymi i po zabiegach. Donatella Versace i Meg Ryan, Carla Bruni i Nicole Kidman, wypchane usta, owatowane policzki.

– Coś strasznego... – powiedziałam współczująco.

– Jak można coś takiego ze sobą zrobić? No jak można?

Dziewczyny rzuciły na mnie okiem ciekawie, podałam poważne pismo.

– O rany, mówiłam ci, ale wtopa! A ja ją tak lubiłam... Ty, pamiętasz, jak udawała orgazm? Ale była laska!

Pan przy oknie spojrzał przytomniej.

– W *Kiedy Harry poznał Sally* – uśmiechnęła się Jeszcze Starsza Pani. – Piękny film.

– No, o, ten film właśnie... Jeny, patrz na Carlę! – stuknęły się dziewczyny. – Ale potwór!

– Operacje plastyczne są niebezpieczne – wtrącił pan. – Nigdy nie wiadomo. Koleżanka poszła na odsysanie tłuszczu...

– Liposukcję – podrzuciła życzliwie dziewczyna.

– I straszne ślady miała.

– Bo się siniaki robią – uzupełniła znikomą wiedzę druga dziewczyna.

– Właśnie o tym piszą. – Jeszcze Starsza Pani była wniebowzięta. – Bardzo ciekawie. Ja wiem, że to teraz taka moda, ale...

– A ta dziennikarka, no ta, wiesz, z tego, no, to po niej widać... – Dziewczyna szturchnęła koleżankę w bok. – Wiesz która? – I wymieniła nazwisko.

– O, nie tylko ta. A ta aktorka, co nagle jej biust urósł? A w ogóle nie wie, co to jest skalpel? One wszystkie mówią, że nic nie robią. – I tu wymieniła nazwisko.

– Nigdy w to nie uwierzę. – Jeszcze Starsza Pani spojrzała ze zdziwieniem.

– No jak nie, jak tak! – powiedziała z przekonaniem druga z dziewczyn – wszystkie coś poprawiają. To nie jest kwestia wiary, proszę pani, tylko wiedzy. My wiemy.

– Straszny świat – powiedziała Jeszcze Starsza Pani. – Tę – puknęła prosto w usta Nicole Kidman – to ja bardzo lubię. Piękna kobieta.

– Piękna to ona była. Cruise ją rzucił i ma za swoje.

– Ale on ją rzucił wcześniej. I wtedy poroniła.

– Biedactwo – powiedziała Jeszcze Starsza Pani.

– Oni w sekcie są. A teraz żona od niego uciekła. Ja bym nie uciekła. – Zachichotała.

– Ja sądzę, że teraz tak wszyscy gonią za młodością...

– No pewnie – wtrącił pan spod okna – świat poszedł naprzód.

– Ale ja bym sobie takich ust nie zrobiła. – Dziewczyna wydęła wargi, prawie tak jak aktorki na zdjęciach.

– Pani jest taka śliczna – westchnęła Jeszcze Starsza Pani – i ma pani rację.

Przez megafon męski głos zawiadomił, że zbliżamy się do stacji Kraków Główny.

Bez opóźnienia.

Jeszcze Starsza Pani spojrzała na pana wymownie.

Wstał, zrzucił z półki czerwoną torbę i pomógł jej włożyć płaszcz. Pani stanęła w drzwiach przedziału gotowa do wyjścia.

– Dziękuję państwu bardzo, taka miła podróż, najważniejsze to móc z kimś porozmawiać. Możecie panie zatrzymać tę gazetę. Do widzenia.

– Do widzenia, do widzenia – odpowiedzieliśmy chórem.

Tak oto podróże łączą.

Nie łączą miast, nie łączą ludzi, łączą poglądy przeciw.

Tym razem trafiło na Bogu ducha winne Meg Ryan, Nicole Kidman oraz dziennikarkę i aktorkę polską, których nazwisk, rzecz jasna, nie wymienię.

Nikt z nas niczego się o sobie nie dowiedział, nie wiedzieliśmy, po co jedziemy, czy może wracamy do domu, co robimy, czym się interesujemy.

Wypchane usta jednak połączyły pięć obcych sobie osób w przedziale, a Jeszcze Starszej Pani udało się w końcu nawiązać z nami kontakt. I wyglądała na zadowoloną.

Łączenie ma swoje dobre strony. Na przykład jak się połączy wodór, tlen i węgiel w odpowiednich proporcjach i powstanie C_2H_5OH – to mamy alkohol.

Który też łączy. Tylko... no właśnie...

Bo my najbardziej lubimy się łączyć przeciw. Nigdy – za. Po pijaku tylko nam wszystko jedno...

Jeśli nie masz czym posłodzić...

No i oto przyszło lato w całej pełni – leje, leje, leje, ale leje na zielone i kwiatki, a nie ma żadnego śniegu i nie zapowiadają mrozów niespodziewanych i nagłych, ani nawet krótkotrwałych. Więc mamy wszyscy szczęście, bo w Portugalii jeszcze dwa tygodnie temu odśnieżali.

Ale moje „leje" nie jest, Boże broń, jakimś skarżeniem się na los, tylko naprawdę czystą, żywą radością.

Zauważyłam, że narzekanie jest u nas najpłodniejsze, jakbyśmy wszyscy brali udział w zawodach, co komu bardziej nie poszło, czyj szef jest największą świnią, czyja praca jest najbardziej niewdzięczna, który urząd jest najbardziej męczący, jaki przepis najbardziej utrudnia funkcjonowanie, i tak dalej.

Choć optymistycznie rzecz biorąc, skoro w narzekaniu jesteśmy najlepsi, jest się z czego cieszyć.

A to wszystko przyszło mi na myśl, bo zadzwoniła koleżanka, która ma w czerwcu dwudziestą rocznicę ślubu, i powiedziała, że jednak nie będą świętować. Że jednak ona raczej wystąpi o rozwód.

Nie wiem dlaczego, bo, niestety, znam jego koleżanki, które nachwalić się nie mogą, jaki z niego ogier.

– Nie wytrzymam z nim ani chwili dłużej. Właśnie zmajstrował trzecie pozamałżeńskie dziecko i ja już nie mam do niego siły.

– Trzecie? – udałam zaskoczenie, bo o dwojgu słyszałam już dawno i nawet byłam nieco zdziwiona, że ona tak łatwo mu wybacza.

– Zawsze wiedziałam, że mnie zdradza. On już przed ślubem mnie zdradzał – westchnęła.

– I teraz nagle ci to przeszkadza? – Wzruszyłam ramionami, czego szczęśliwie zobaczyć nie mogła, a ja od czasu, kiedy staję się coraz bardziej dorosła, coraz mniej się dziwię, bo wiem, że ludzie różnie sobie układają życie, niekoniecznie tak, jak ja bym sobie układała.

– Ale ja już mam go dosyć! Rzygam tym!

I wylała cały potok żalów, że co prawda ona wiedziała, że on jest taki, ale myślała, że się zmieni, tamtych dwoje dzieci przeżyła, wybaczyła, ale teraz miarka się przebrała, była u adwokata i w ogóle.

– To po co za niego wyszłaś? – zapytałam naprawdę z ciekawości.

– Myślałam, że się zmieni, naprawdę myślałam, że się zmieni... – westchnęła, a mnie się zrobiło przykro. Każda z nas kiedyś myślała, że on się zmieni. Jakiś on, rzecz jasna. – A poza tym nikt inny mi się nie oświadczył, rozumiesz? – I tu mnie przeszedł dreszcz. – Te dwadzieścia lat to dla mnie koszmar, dosyć tego.

Chciałam mówić o narzekaniu, ale nagle zachciało mi się napisać o słodzeniu. Nie że trzeba komuś słodzić, czyli podlizywać się, schlebiać, prawić nieprawdziwe komplementy, ale raczej osładzać, czyli umilać, poprawiać, polepszać sobie życie – słodzić bez przenośni.

Do tego potrzebna jest mała dygresja.

Otóż dawno, dawno temu ludzie robili zdjęcia aparatami, które wymagały klisz. Klisze można było zanieść do fotografa albo – jak się miało w domu sprzęt – wywoływać samemu w ciemni.

W takiej, dajmy na to, łazience, czyli prowizorycznej ciemni, przygotowywało się kuwety z wywoływaczami i utrwalaczami, wsypywało się czy wlewało jakieś hydrochinony, siarczyny sodu lub inne węglany i po paru godzinach wychodziło się z łazienki z gotowymi, mokrymi i jakże pięknymi zdjęciami w kolorze czarno-białym.

Mój przyjaciel w taki sposób wywoływał w swojej młodości zdjęcia, narażając się na nieustające narzekania matki na zajmowanie łazienki, do której wejście było a b s o l u t n i e s u r o w o z a b r o n i o n e, albowiem jakakolwiek smuga światła skądkolwiek prześwietlała klisze i niszczyła arcydzieła.

Kiedy kończył pracę i z dumą wynosił zdjęcia, wszyscy w domu oddychali z ulgą, kuwety wracały na pawlacz, a utrwalacze i wywoływacze, które mieszkały w dużych plastikowych pojemnikach, wracały na górną półkę w kuchni, albowiem mieszkanie było małe, a łazienka przejmowała swoje właściwe funkcje.

W kuchni na ogół się gotowało i jadało, więc matka mojego przyjaciela nie była zachwycona siarczynami i węglanami mieszkającymi na górnej półce, ale cóż, takie były czasy. Przyjrzała się puszkom, na każdej z nich był naklejony plaster z napisem, zapytała jeszcze, co to jest tiosiarczan sodu, po czym machnęła ręką na tłumaczenie syna i pogodziła się z obcymi puszkami.

Na dolnej półce nad zlewem stały różne inne plastikowe pojemniki, a każdy z nich nosił dumnie jakiś napis: „Mąka". Albo: „Cukier". Albo: „Kasza". Albo: „Kawa zbożowa" – albowiem matka przyjaciela była kobietą ogarniającą swoje królestwo i utrzymującą rodzinę w ryzach. Być może pozwoliła w kuchni zamieszkać rzeczom syna tylko dlatego, że też miały swoje nazwy.

Mój przyjaciel miał nadzieję, że zostanie wielkim fotografem, matka też pokładała w nim wielkie nadzieje, chociaż uważała robienie zdjęć za fanaberię. Ojciec zaś był spokojnym, skromnym człowiekiem, który dostosowywał się do rządów matki, wychodził rano do pracy, zarabiał na dom i nie zajmował się takimi przyziemnymi sprawami jak dzieci, gotowanie, sprzątanie, zakupy – czasy były inne, role w rodzinie były inne, inny był nawet ustrój polityczny i gospodarczy, co już w ogóle do tej opowieści nie należy.

Pewnego pięknego sobotniego poranka ojciec udał się do kuchni po swój przydział kawy mielonej – dwie czubate łyżki zalane wrzątkiem i trzy łyżeczki cukru, bez mleka.

Czajnik wodę zagotował, oznajmił to gwizdaniem (w elektryczne czajniki nikt nie wierzył), ojciec zrobił kawę, chwilę potrzaskał szafkami, ku zdumieniu obecnych, na ogół bowiem tego nie robił – bo czegóż miałby szukać ciężko pracujący ojciec w kuchni? Ale jakoś długo z tej kuchni nie wychodził. Matka mojego przyjaciela udała się za nim i zastała go ze zsiniałą twarzą – coś próbował powiedzieć, ale tylko piana szła mu z ust.

Krzyknęła wniebogłosy:

– To zawał!

Na krzyk matki wpadł do kuchni mój jeszcze wtedy nieletni przyjaciel i pierwszą rzeczą, która rzuciła mu się w oczy, była jego własna prywatna niedotykalna puszka z jakimś rozpuszczalnikiem czy utrwalaczem – otwarta, z zanurzoną w niej łyżeczką.

Rzut oka na kawę do połowy wypitą przez ojca upewnił go, że ojciec zamiast cukru wsypał do kawy trzy łyżeczki chemii, jakże drogocennej i jakże trującej.

Ojciec został natychmiast napojony litrami wody z kranu, kwaśnym mlekiem na wszelki wypadek, serwatką i wodą po ogórkach kiszonych, co szybciutko pomogło mu wydalić truciznę z organizmu, choć o mało go nie wykończyło.

Ściągnięty z trzeciego piętra znajomy lekarz nie stwierdził konieczności zawiezienia ojca do szpitala, a matka mojego przyjaciela weszła do kuchni i wszystkie bezcenne odczynniki wyrzuciła do sedesu i spuściła za nimi wodę, ogłaszając tym samym koniec jego kariery fotograficznej.

Mój przyjaciel siedział pod drzwiami dużego pokoju, gdzie jego osłabiony ojciec rozmawiał z rozbawionym kolegą lekarzem z trzeciego piętra, i usłyszał następującą rozmowę.

– Piłeś?

– Tylko kawę... pół zdążyłem...

– Nie, wczoraj piłeś? Kaca miałeś?

– Nie piłem. Tylko ta kawa...

– To co ty, na trzeźwo sypałeś takie świństwo do kawy? Co ty, czytać nie umiesz???

– Umiem...

– Chłopie, dlaczego???

– A bo cukier się skończył...

I tak oto doszłam – przypomniawszy sobie tę starą historię – do jednoznacznego wniosku: chcemy sobie osładzać życie.

Moja koleżanka wyszła za faceta, który od początku był trucizną, miał nawet taką etykietę.

A ona próbowała sobie nim osłodzić życie.

Ojciec przyjaciela rzygał przez dziesięć minut.

Ona przez dwadzieścia lat.

W taki to piękny czerwcowy dzień pomyślałam z żalem o wszystkich, którzy szukają natychmiast jakiegokolwiek środka zastępczego, żeby sobie sprawić przyjemność.

I karmią się byle czym.

Powrót rozumu

Moja przyjaciółka Ewa w tym roku wyjeżdża na wakacje w lipcu, o czym od lat marzył jej mąż.

Nie byłoby w tym nic dziwnego, gdyby nie to, że jest przeciwniczką. Przeciwniczką urlopu w lecie, czyli wyjazdów w lipcu albo sierpniu. Przeciwniczką pchania się wszystko jedno gdzie, czyli tam, gdzie wszyscy wyjeżdżają. Zdecydowaną przeciwniczką korzystania z morza lub gór, a nawet jezior w tym okresie. Z jezior korzysta od maja do czerwca, nad czym jej mąż ubolewa bardzo, bo on uwielbia morze.

Ewa uważa mianowicie, że lato jest znakomitą porą do niewyjeżdżania nigdzie i cieszenia się, że prawie wszyscy wyjechali. Że na ulicach pusto, korków nie ma, lato w pełni, remont można zrobić spokojnie, odnowić coś, pomalować, naprawić, zmienić, a może nawet coś kupić i przemeblować.

Pewnego dnia wpadła na pomysł, że wykorzysta całe dwadzieścia sześć dni urlopu – co ze świętami różnorakimi i weekendami dawało prawie półtora miesiąca – na remont generalny mieszkania, i nie tylko wykorzysta w tym celu urlop swój i męża, ale również wszystkie ich oszczędności.

Remont miał trwać chwilę, ale nieco się przedłużył, prawdę powiedziawszy, skończył się przed świętami Bożego Narodzenia, ale Ewa była zachwycona, a jej dumą była łazienka. Nie dość, że kafle piękne, z jasnozielonego kamienia, to te dodatki... I armatura fikuśna, i wanna wygodna, na metr siedemdziesiąt, i pralka z suszarką, no i największa duma Ewy – kibelek.

Ach, co tam kibelek – dzieło sztuki!

Muszla klozetowa wisząca nad podłogą jak sen jaki, podłużna, wygodna, bielutka jak śnieg, najdroższej firmy, z deską, która bezgłośnie opada, a dopasowana jest jakby urodzona wspólnie z nią, doprawdy.

Marzenie Ewy kosztowało niebotyczne pieniądze, czemu sprzeciwiał się mąż, „ale rozumiesz, taka łazienka jest raz na zawsze".

„Zawsze" na ogół ma czas ściśle określony – co wiedzą ci, którzy się rozwiedli – aczkolwiek nieznany bliżej.

Muszla klozetowa Ewy skończyłaby właśnie dwa lata, ale biedaczka nie doczekała, bo popękała strasznie.

Ewa dwadzieścia jeden razy prosiła męża, żeby zaszedł uprzejmie do bardzo drogiego sklepu i dokupił nową deskę, po czym w okolicach lutego sama się udała do owego salonu od muszli klozetowych.

Bardzo miły pan wyraził zdziwienie, że deska pękła, i z uśmiechem powiedział, że tu nie, ale w Krakowie może dostanie, choć deska jest, jak by to powiedzieć, w kompakcie z kompaktem, i niech się tam, w centrali, dowiaduje. Ewa zadzwoniła do Krakowa.

Już po tygodniu nieudanych prób ktoś nareszcie podniósł słuchawkę.

Bardzo miła pani, która bardzo chciała pomóc, wyraziła żal z powodu takiej straty i powiedziała, że w Polsce nie mają takich desek i że to dziwne, że pękła, ale poda jej adres strony internetowej, na której może złożyć zamówienie. I czy pamięta symbol owej wykwintnej muszli oraz jej nakrycia.

Ewa w okolicach marca przerzuciła wszystkie dokumenty z remontu i znalazła właściwy symbol.

W połowie marca jej syn usiadł w końcu do komputera, wszedł na właściwą stronę internetową i złożył w jej imieniu zamówienie, na które następnego dnia przyszła odpowiedź, że owszem, są zaszczyceni zaufaniem, jakim Ewa obdarzyła ich firmę, muszą jednak sprzęt sprowadzić z Niemiec, co potrwa jakiś czas, ale wkrótce dadzą znać i pozostają z szacunkiem.

W międzyczasie Ewa, likwidując popękaną deskę, rozbiła jeden zielony kafelek, ale w ogóle się tym nie zmartwiła, bo uznała, że za jednym zamachem usunie się usterki po poprzednim remoncie, deska na pewno dotrze w okolicach czerwca, a jak kafelkarz przyjdzie, to od razu pomaluje przedpokój, bo i tak będzie bałagan, a pies strasznie brudzi ściany przy podłodze.

Pies jest nieduży, więc trudno, żeby brudził przy suficie, pomyślałam sobie i zamówiłam się na łódkę do przyjaciół, bo ja lubię wyjeżdżać i już nie lubię remontować.

Pod koniec kwietnia Ewa dostała maila, że bardzo jej dziękują, że wybrała ich firmę i że zamówienie będzie zrealizowane w ciągu sześciu tygodni, i oni się bardzo cieszą i się polecają oraz pozostają z szacunkiem.

W połowie maja Ewa dostała maila, że przesyłka dotrze w ciągu dwóch dni i że czują się zaszczyceni, że wybrała ich firmę, więc tak się ucieszyła, że zamówiła na pierwsze dni lipca kafelkarza, malarza i kazała się podziwiać za organizację.

Po tygodniu dostała maila, że bardzo przepraszają, ale umywalka – UMYWALKA!!! – uległa zniszczeniu w czasie transportu i czy będzie gotowa zaczekać, aż sprowadzą drugą umywalkę, i że doprawdy staną na głowie, żeby to nastąpiło w ciągu czterech tygodni, i że się polecają i dziękują, że wybrała ich firmę.

Dopiero wtedy Ewa się załamała i zadzwoniła do mnie, że w tym roku to ona ma dosyć, dosyć, dosyć i jeszcze raz dosyć, i będzie zmuszona wyjechać, bo na deskę swoją, a raczej jej brak już nie może patrzeć, i kto ją namówił, żeby taki drogi i luksusowy sprzęt kupować, i że to ostatni raz i musi odpocząć od swojego niekompletnego mieszkania, i że właśnie sobie gdzieś pojedzie, i jest jej wszystko jedno, czy tam, gdzie pojedzie, będzie jakakolwiek deska klozetowa, a nawet umywalka. I co ją napadło, żeby takie drogie rzeczy kupować! I dlaczego nikt jej wtedy nie powstrzymał!

Jej mąż się bardzo ucieszył, choć oczywiście udawał zmartwionego, i natychmiast w pierwszej połowie lipca wykupił na dwa tygodnie domek w Karwi, biorąc maleńką pożyczkę.

Znad morza wrócili zadowoleni, bo było świetnie, i do tych państwa, od których odnajęli domek, postanowili jeździć co roku.

Wszystko to zdarzyło się bardzo dawno temu.

Muszla w ich mieszkaniu dalej nie ma deski i szczypie w tyłek.

Ewa mówi, że razem z mężem postanowili jej nie zmieniać.

Bo jak ją coś uszczypnie w tyłek, to jej od razu rozum wraca.

Kiedy nie mogę zrozumieć

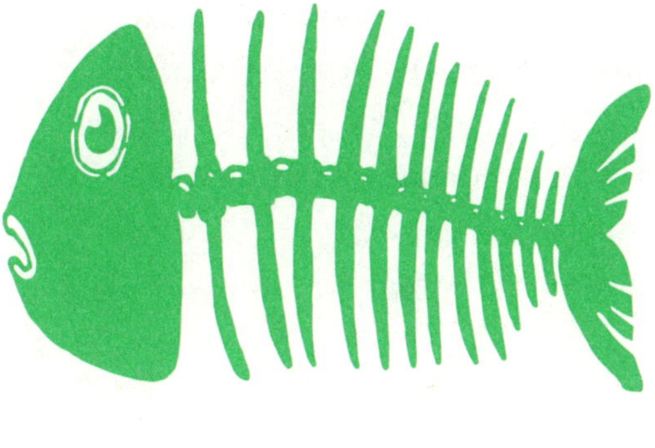

Zdarza mi się coraz częściej, że nie mogę zrozumieć tego, co się dzieje.

Może to objaw dojrzałości, a może dziecinnienia.

Ale albo człowiek, którego miałam za mądrego, coś tak głupiego palnie, że wszystkie noże mi wychodzą z szuflady, albo ktoś kogoś obrazi publicznie bez krztyny racji i ze wstydu się nie zapadnie pod ziemię, ba! mało tego! aplauz zdobywa! albo z przywar nagle robi się zalety – i ja tego nie rozumiem!

Nie rozumiem, jak Jakiś Ważny Polityk mówi, że skoro osiemnaście osób było przeciw, a sześć za – to decyzja zapadła jednogłośnie.

Nie rozumiem, kiedy Inny Ważny Polityk mówi, że ci, którzy są przeciwko nam, są z nami, tylko jeszcze o tym nie wiedzą, ale my im to uświadomimy.

Nie rozumiem, jak można, startując w wyborach na prezydenta Warszawy, pomylić dzielnicę Warszawy z Pragą czeską.

Nie rozumiem, jak można skuć i w kajdankach wyprowadzić z domu człowieka, który walczył o wolną Polskę.

Nie rozumiem, dlaczego ksiądz w polskim kościele prosi o jak najszybszą śmierć dla papieża Franciszka, człowieka wyjątkowego.

Nie rozumiem, jak można dostać od bezdomnego w prezencie dwa luksusowe samochody, od bezdomnego, który wkrótce potem umiera, a przede wszystkim nie rozumiem, jak można w to uwierzyć.

Nie rozumiem tego, że profesor prawa w odpowiedzi na list rencistki, skarżącej się, że dostała po pięćdziesięciu latach pracy podwyżkę świadczenia o 5,46 złotego, potrafi odpowiedzieć: „Trzeba było, pani Zosiu, też sobie życie zorganizować, uczyć się, studiować, a nie stać z boku. Zazdrości mi pani? Chce pani, bym była biedna, chora, zdana na dobroć i łaskawość innych? Jest pani zazdrośnicą, proszę się wziąć za jakieś zajęcie, to złość pani przejdzie...".

I również nie rozumiem, jak można do niskiego człowieka powiedzieć: kurduplu.

I jak to wszystko mi się nie mieści w głowie, to dzwonię do swojej siostry Marylki, która mieszka w Wałbrzychu.

I wylewam w słuchawkę cały potok zdań zasłyszanych, niechcący obejrzanych wiadomości, przypadkowo wysłuchanej audycji w radiu, i po każdym zdaniu dodaję:

– Maniu, proszę, powiedz mi dlaczego???

Marylka spokojnie wysłuchuje wszystkiego, co mam do powiedzenia, a potem mówi:

– Dzisiaj postanowiłam zrobić dzieciom na obiad rybę. W związku z tym udałam się na swój targ, tam jest taki maleńki sklepik, dwie dziewczyny go prowadzą, właściwie to nie jest sklepik, tylko takie ubożuchne stoisko. Ale mają zawsze świeże ryby. I mimo że mam kawałek...

Chcę jej przerwać, bo to rozmowa nie na temat, nie uzyskuję odpowiedzi na swoje wątpliwości, ale wiem, że Mania nigdy nie mówi bez sensu, więc zagryzam zęby i cierpliwie słucham.

– ...a Tadzio mi się plątał pod nogami, to postanowiłam jednak tam pójść. Musiałam odstać swoje, zanim dostałam się do lady, bo to malutkie pomieszczenie, i wtedy zobaczyłam kartkę. Kartka była w kratkę, a na kartce dużymi literami stało jak byk: „SZANOWNI PAŃSTWO, PROSZĘ NIE PYTAĆ, CZY RYBY MAJĄ OŚCI. OWSZEM, MAJĄ. NIE WIEMY DLACZEGO. MOŻE BÓG TAK CHCIAŁ". Wysłać ci zdjęcie? Bo zrobiłam.

Zdjęcie kartki ze sklepiku rybnego w Wałbrzychu mam w telefonie i na pewno go nie wykasuję.

A kiedy niechcący pomyślę o polityce, przypomina mi się zdanie Wałęsy o parlamencie, które mnie bardzo rozbawiło.

Brzmiało ono mniej więcej tak: powinna być prawa noga i lewa noga – a ja będę pośrodku.

Czasem mam wrażenie, że wszyscy są pośrodku.

Prośby niekaralne

Siedziałam na krakowskim rynku z przyjaciółmi.

Nie wiem, czy wszystkim wiadomo, jakie to szczęście znaleźć miejsce przy stoliku w pogodną, upalną niedzielę w Krakowie pod kościołem Mariackim, kiedy wysypują się ze wszystkich stron Anglicy, Niemcy, Rosjanie, Norwegowie, rdzenni mieszkańcy miasta, wycieczki niesfornej młodzieży z całego świata, wycieczki z całej Polski, konie prowadzone luzem tuż obok Sukiennic, powozy królewskie, zwane dorożkami (ach, jak mi żal krakowskiej dorożki zaczarowanej i czarnej, której już nie uświadczysz), gołębie itd.

Miejsce znaleźliśmy przypadkowo, nagle i niespodziewanie, albowiem trafiliśmy na moment, kiedy trzech panów się podniosło i ruszyło w stronę zabieganej kelnerki.

Ładna dziewczyna uwijała się jak w ukropie, próbując ogarnąć tych wszystkich ludzi, którzy natychmiast albo chcieli coś zamówić, albo zapłacić.

Aleksander rzucił plecak obok wiklinowego krzesełka, położył aparat fotograficzny na stoliku obok brudnych kufli po piwie oraz trzech filiżanek po kawie, odsunął popielniczkę i powiedział, że mamy szczęście, a on zje lody.

Ania powiedziała, że mamy szczęście i owszem, albowiem ona usiadła na jakimś kompletnie obcym aparacie fotograficznym, który nie jest jej, i już ma jakiś profit, ale on długo będzie musiał na lody czekać.

Kelnerka sprzątała brudne naczynia, atakowana przez gości, że czekają, że colę, że wodę, że rachunek, że już, że piętnaście minut, że naprawdę.

Ja byłam tak zadowolona, że mamy miejsce, że tylko zamachałam do owych panów wymuszających rachunek na kelnerce – ich własnym aparatem.

Jeden z nich zawrócił, bez słowa podziękowania wziął aparat i schylił się również po plecak Aleksandra.

Mój przyjaciel chwycił swój plecak i nie pozwolił go sobie zabrać, pan się oddalił, kelnerka odstawiła tacę, przyjęła pieniądze i biegiem ruszyła w stronę baru. Po chwili pojawiła się przy sąsiednim stoliku z napojami i pucharem lodów.

– Bez śmietany zamawiałam – usłyszeliśmy, a kelnerka poczerwieniała i wzięła pucharek z powrotem na tacę, była rozdygotana. Rozejrzała się wokół i desperacko zapytała:

– Czy ktoś z państwa chce lody na koszt firmy?

– Ja poproszę, z przyjemnością – usłyszeliśmy Aleksandra. Zanim którekolwiek z nas zdążyło się zdziwić, wsadził łyżkę w wykwintny deser, po czym spojrzał na nas radośnie. – Człowiek ma to, czego się spodziewa.

My za to czekaliśmy na nasze zamówienie dość długo, chociaż dziewczyna uwijała się jak w ukropie.

Aleksander zdążył zjeść lody na koszt firmy, a my wdaliśmy się w dyskusję, czy to prawda, że może się coś dostać tylko dlatego, że się tego chce, czy taka zasada obowiązuje na całym świecie, czy tylko na rynku w Krakowie, kto w to wierzy i dlaczego.

– Ja wam opowiem, co się zdarzyło w Stanach Zjednoczonych. – Przyjaciel optymista, który już był po lodach, rozsiadł się wygodnie. – Elegancko ubrany pan pewnego pogodnego dnia podjechał pod bank, zaparkował, wszedł do środka, stanął przy kasie i podał kasjerce kartkę i dużą torbę. Na kartce napisane było, że prosi, by pieniądze, które ma w kasie, włożyła do tej oto torby. Kasjerce zrobiło się słabo, drżącą ręką napakowała całą torbę dolarów, grzecznie podała, pan ukłonił się i wyszedł, wsiadł w samochód, a na następnej ulicy zatrzymała go z wyciem syren policja. Został aresztowany, a potem wypuszczony. Dlaczego wypuszczony? Ano dlatego, że aresztować go policja tamtejsza w ogóle nie mogła. Bo on przecież nic nie zrobił. On przecież na tej kartce tylko poprosił o pieniądze. Pani z banku mu te pieniądze dobrowolnie dała. Nie ma mowy o żadnym wymuszeniu czy, Boże broń, napadzie. On żadnych gróźb nie stosował, nie zaszantażował nikogo, ba! nawet głosu nie podniósł. Przecież był nieuzbrojony i uprzejmy, na co dowód w postaci nagrania z kamer był nie do podważenia.

Teraz jego prawnicy procesują się o zwrot pieniędzy, które zabrała mu policja, przecież to była darowizna. Jak dostaniesz pieniądze, to są twoje, prawda? Co najwyżej musisz odprowadzić od nich podatek. Poprosił i dostał, teraz prawnicy walczą, nie znamy co prawda zakończenia tej historii, ale jest pouczająca. Czasem wystarczy poprosić.

– Wiesz co? To ja ci opowiem własną historię prosto z Polski. – Przyjaciółka moja sięgnęła do torebki i wyjęła cukiereczka. – Ja mam lecznicę koło skupu makulatury. Wiesz, ile kosztuje w Polsce kilogram makulatury? Od ośmiu do czternastu groszy. Codziennie widzę ludzi z wózkami dziecięcymi, wózkami ze sklepów, pewno kradzionymi, albo takimi, wiecie, starymi z dyszelkiem, rozlatującymi się, wypakowanymi górami papieru, jak idą do tego skupu. Biedni, wytrwali ludzie, po te grosze, które dostaną za swoją ciężką robotę. Za to grzebanie w śmieciach, zresztą czy ja wiem, gdzie oni sobie te papiery załatwiają? I codziennie mi się serce ściska z żalu. Więc kiedyś poszłam na zaplecze i złożyłam te wszystkie kartony, których mamy dziesiątki, i pomyślałam, że po prostu je dodam jakiemuś człowiekowi, który akurat będzie jechał do sklepu. I rzeczywiście następnego dnia widzę, jak jedzie biedak do tego skupu, tuż obok, więc wychyliłam się z okna i krzyczę:

„Proszę pana, proszę pana! Ja mam tu dużo kartonów!".

A on odwrócił się w moją stronę, splunął i odkrzyknął:

„To se je sama sobie, gupia, odnieś!".

Roześmialiśmy się.

Kelnerka przyniosła zimne napoje, a przyjaciel posmutniał.

– No właśnie. On nie prosił o nic. On nie ma nadziei. Czy to może odwieczna różnica między nami a Ameryką?

Nie miałam ochoty na rozważanie różnic. U nas by numer z bankiem nie przeszedł, o nie, w Ameryce nie przeszedłby numer z kartonami. Tam by je chętnie wziął ktoś, kto zajmuje się skupem makulatury.

Ale obie historie były o tym samym.

Że albo jesteś nastawiony do życia na dobre rzeczy i te ci się przydarzają, albo wiesz, że nic dobrego się nie przydarzy – i też masz rację, niestety.

Więc może warto mieć prośby, z małą poprawką, żeby były to prośby niekaralne.

Albo też jakieś fajne oczekiwania.

A jeśli wziąć pod uwagę lody, które zjadł przyjaciel, wychodzi na to, że to on ma rację. Co prawda przy okazji zwrotu aparatu o mało nie stracił plecaka, ale jednak... Dobre rzeczy się wydarzyły. I dla niesympatycznych panów, bośmy się nie okazali złodziejami, i dla nas.

Mamy fajne miejsce w kawiarence w samo południe, więc cuda się zdarzają. Może malutkie, ale jednak... Co jest pocieszające.

Szczególnie w upalny dzień na rynku krakowskim.

Gdzie nie ma już czarnych, pięknych, starych dorożek, tylko wypasione białe powozy. Ale kto tamte pamięta? Oprócz mnie, rzecz jasna. I Gałczyńskiego... A zagraniczni turyści i tak te nowe uwielbiają...

Od całowania będziesz miał próchnicę

Jechałam samochodem drogą, której jeszcze niedawno nie było, a teraz jest, co bardzo cieszy moją siostrę, która mówi, że lubi Tuska. Wystarczy ją wsadzić w samochód i przewieźć po kraju, żeby go lubiła, i PO ma o jeden głos więcej. Ale jej głos został i tak zagłuszony przez głos mojej koleżanki, która akurat zadzwoniła, a ja mam zestaw głośnomówiący, zainstalowany przeciw mandatom. Co prawda jak przekroczę prędkość, to on mnie nie chroni w ogóle, ale co tam.

Koleżanka moja Bożenka jest już babcią, ale była kiedyś młodą matką. Miała małego synka, który rósł i rósł, aż wkroczył w poważny wiek lat jedenastu, i wtedy zapytał ją, kiedy się będzie mógł całować z dziewczynami. Ona szybciutko powiedziała:

– Od całowania będziesz miał próchnicę.

Tak się chłopak wystraszył, że nawet jak odszczekała tę groźbę parę lat później, to nie wiem, czy jej uwierzył, choć dzieci, owszem, ma. Ale czy to się z całowania wzięło, tego nie wie nikt.

Przypomina mi to historię mojego znajomego małżeństwa, które bardzo poważnie przygotowywało się do odpowiedzi na trudne pytania córki. Obiecali sobie solennie, że nie będą kłamać, nawet jeśli padnie tak niewygodne pytanie, jak na przykład: skąd się biorą dzieci. Żadnej kapusty, żadnych bocianów! Dziecko nie będzie się tego dowiadywać od koleżanek i kolegów, z Internetu tym bardziej, dziecko będzie wiedziało od razu wszystko, żeby mogło wkroczyć w świat jako osoba świadoma i dojrzała. Tak ustalili. Akurat u nich wtedy byłam, kiedy ojciec wypadł z łazienki i krzyknął do swojej żony, a mojej serdecznej koleżanki:

– Idź do niej, idź do niej, to już!

Ona zbladła i z przerażeniem w oczach spytała:

– Jakie już? Iwonka ma siedem lat!

A on:

– Zapytała, skąd się biorą dzieci, idź jej wytłumacz!

Moja serdeczna koleżanka poczerwieniała, podniosła się, wyprostowała plecy i odważnie wkroczyła do akcji. Zniknęła za drzwiami łazienki, a on ciężko opadł na fotel obok mnie. Za sekundę wróciła do pokoju i stanęła naprzeciwko niego.

– Tu siedziałam – powiedziała.

– Nie uświadomiłaś jej? – Wstał z fotela, na którym ona wygodnie usiadła.

– Oczywiście, że ją uświadomiłam.

– Co jej powiedziałaś?

– Że dzieci biorą się z plemników.

– I...?

– No i nic, to jej wystarczyło – powiedziała moja serdeczna koleżanka.

No, ale to tylko mała dygresja z przeszłości, na razie siedzę w samochodzie i słucham Bożenki, która akurat wczoraj zajmowała się swoimi malutkimi wnukami.

– Dzieci są strasznie trudne – mówi, jakbym o tym nie wiedziała. – Zadają mnóstwo pytań.

Moim zdaniem zadają w kółko to samo pytanie i ono ogranicza się do dwóch słów: – A dlaczego?

I właściwie wszystko jedno, co powiesz. Parę przykładów dla tych, co nie mają jeszcze dzieci.

– A dlaczego idziesz?

– Bo muszę załatwić coś w banku.

– A dlaczego?

– Bo tam muszę zapłacić rachunki.

– A dlaczego?

– Bo inaczej nam wyłączą prąd.

– A dlaczego?

– Bo jak nie jest zapłacony na czas, to wtedy przyjeżdżają panowie i odcinają prąd.

– A dlaczego?

– Bo mają taką pracę.

– A dlaczego?

– Bo pracują w zakładzie energetycznym.

– A dlaczego?

– Bo tak zarabiają pieniążki na życie.

– A dlaczego?

– Bo gdyby nie zarabiali, to ich rodziny umarłyby z głodu.

– A dlaczego?

– Bo jak człowiek nie je, to umiera.

– A dlaczego?

I wtedy masz ochotę wyć. Albo też zaczynasz się zastanawiać, że właściwie dlaczego? Więc jest to fundamentalne pytanie, o którym Bożenka nie pamiętała.

– A o co cię zapytały twoje wnuki? – O ile sobie przypominam, mają lat cztery i sześć.

– Dlaczego narkotyki są szkodliwe. I wiesz, tego pytania nie mogłam zlekceważyć. Dzieci należy traktować serio, nawet jeśli są małe. Więc im wytłumaczyłam na przykładzie. One bardzo lubią konie i tam gdzie jeżdżą na wakacje, wszyscy im tłumaczymy, że do konia podchodzi się wyłącznie z przodu, żeby go nie przestraszyć, a nie z tyłu, bo może kopnąć. Rozumiesz?

To rozumiałam, ale nie widziałam związku z narkotykami. Żadnego.

– I z narkotykami jest jak z końmi. Oczywiście nie bezpośrednio, bo narkotyki są podobne do robaków, co wchodzą w człowieka i mówią mu, że jest fantastycznie, i człowiek przestaje widzieć konia. I podchodzi do niego z tyłu, bo w ogóle nie ma kontaktu z rzeczywistością, bo ma mózg wyjedzony przez te robaczkowe narkotyki i nie wie, gdzie jest koń. I wtedy koń go tak kopie, że nawet może go zabić. I wiesz, że zrozumiały, że narkotyki tak działają? Musiały mi przysiąc, że nigdy, ale to nigdy nie wezmą ich do ust, bo nie chcą być stratowane przez stado koni, których nie widzą! I co ty na to?

Milczałam, bo kręciło mi się w głowie od nadmiaru informacji na temat koni i robaków oraz spowodowanej tym ślepoty.

– Ja bym chyba powiedziała, że narkotyki powodują próchnicę – oznajmiłam radośnie, bo była to pierwsza odpowiedź, która przyszła mi do głowy.

– Mój syn to samo powiedział, jak mu zakomunikowałam, że dzieci wszystko już wiedzą – zachichotała i się rozłączyła.

Popatrzyłam na swoją siostrzyczkę. W dalszym ciągu miała na twarzy wyraz zachwytu, wjechałyśmy na A-2 i właśnie skręcałam zupełnie pustą trzypasmówką na Mokotów. Zwróciłam się do niej:

– Hej, a ty pamiętasz jakieś takie niezwykłe pytania dziecka? Albo nieodpowiednie dla wieku? Albo jakieś ciekawe odpowiedzi na te pytania?

– Uhm – westchnęła. – Zapytałam kiedyś na mszy, kiedy się skończy, i ojciec powiedział, że zaraz mi przyleje w tyłek. I wystarczyło. Kiedyś wszystko było prostsze. Po prostu kiedyś, w przyszłości, jakiejś nieokreślonej, mieliśmy się dowiedzieć tego i owego. Albo słyszałam, że jestem za mała, żeby to zrozumieć. I wiesz co? Dorosła jestem, a niektórych rzeczy w ogóle nie rozumiem. Od całowania próchnicę...?

Sama jesteś pijana

Kompletnie pijany mężczyzna z trudem trafia do dziurki od klucza. Grzebie w zamku, zatacza się, otwiera z trudem drzwi, wchodzi do kuchni, obijając się o framugę, zagląda do garnka, wyjmuje talerz, nalewa zupę, chwiejnym krokiem podchodzi do stołu, siada i ledwo trafiając w usta łyżką, zaczyna jeść.

Do kuchni wchodzi jego żona i mówi:

– Włodziu, kochanie, taką zimną? Daj, odgrzeję ci. – Wyciąga w jego kierunku rękę, a on, zasłaniając łokciem talerz, bełkocze:

– Sama jesteś pijana!

Usłyszałam tę krótką opowieść nad morzem, gdzie spędziłam całe pięć dni urlopu. Urlop był niespodziewany, bo zadzwoniła moja przyjaciółka z ławy szkolnej, Ewa, i zawiadomiła mnie, że mam do niej przyjechać. I to jak najszybciej.

Cóż można zrobić na takie dictum? Wsiąść w jakiś środek lokomocji i po prostu pojechać. Środek lokomocji miałam pod ręką, pogodę miałam pod ręką, więc spakowałam torbę, uściskałam psy i ruszyłam autostradą, bo ją też mam pod ręką.

Na autostradzie tabliczki mnie zawiadomiły, że stacje benzynowe są nieczynne, podziękowałam sobie w duchu, że zatankowałam przed wjazdem w ten luksus, i sunęłam przed siebie nad polskie morze. Już po sześciu godzinach uściskałam się z Ewą i ruszyłyśmy na plażę. Morze było zimne jak diabli i przepiękne. Granatowe. Ze srebrnymi błyskami. Zlewające się z horyzontem, który też był srebrny. Bez fal. Poza wodą – upał. Na plaży tuż przy hotelu wygodne wiklinowe fotele i kanapy, ciepły piasek pod nogami.

Usiadłam w zachwycie i chłonęłam urlop. Wtedy podszedł do nas obcy pan i powiedział:

– Restauracja jest już nieczynna.

Trochę się zdziwiłam, bo nie pytałam obcego pana o żadne jedzenie, ale uznałam, że właściwie to miło z jego strony, że czuł się w obowiązku nas o tym zawiadomić.

– Nie szkodzi, dziękuję – powiedziałam więc i pomyślałam, że Ewa jest ode mnie o niebo mądrzejsza, bo siedzi tu już drugi tydzień, a ja dopiero trzy minuty.

– Nieczynna jest – powtórzył pan i nie miał zamiaru od nas odejść.

– Nie jestem głodna – wyjaśniłam.

– To nie może pani tu siedzieć. Proszę opuścić to miejsce.

O rany! Przez tyle lat nie zdawałam sobie sprawy z tego, że na plaży można siedzieć i zachwycać się okolicznościami przyrody tylko wtedy, kiedy jest się głodnym. Musiałam mieć głupawy wyraz twarzy, bo pan wyjaśnił, że fotele należą do restauracji plażowej, która należy do hotelu, ale nie należy na nich siadać. Chyba że jest czynna restauracja, która nie jest właśnie czynna, tylko nieczynna.

– Mieszkamy w tym hotelu – wyjaśniłyśmy panu, kończąc rozmowę, bo chciałyśmy kontynuować nasz zachwyt swobodnie i bez nadzoru.

– Proszę wstać, bo inni będą siadać – zarządził pan dość stanowczo.

Wstałyśmy – kompletnie nie miałam nastroju na wykłócanie się późnym popołudniem o miejsce na jakimś wiklinowym fotelu – i usiadłyśmy na piasku obok, gdzie mogłyśmy, jak się okazało, siedzieć, nie będąc na głodzie. Pan odszedł.

– Nie rozumiem – westchnęłam.

– Co tu rozumieć? – zdziwiła się Ewa. – Sierpień.

– Nie rozumiem – powtórzyłam.

– W styczniu nie będzie miał tego problemu.

– My też – zauważyłam i zajęłyśmy się daleko ważniejszymi sprawami, takimi jak zastanawianie się, czy wszyscy mężczyźni są idiotami, czy tylko niektórzy.

Na kolację udałyśmy się dość wcześnie. Przy wejściu powitała nas kelnerka? kierowniczka sali? dyrektorka tej restauracji? i zapytała:

– Numer pokoju?

– Jestem tu od tygodnia. – Ewa machnęła ręką.

Nie doszukałam się w odpowiedzi żadnego numeru, ale pani to wystarczyło.

Usiadłyśmy przy stoliku znajomej, przyjechała przed chwilą i ucieszyła się na nasz widok, a ja się nie spodziewałam jej tu zobaczyć. Znajoma odeszła na chwilę i powróciła do stolika z apetycznie wyglądającą rybą.

– O!! – ucieszyłam się. – Gdzie namierzyłaś tego łososia?

– Tutaj są pyszne galaretki na deser, tam, przy napojach – odpowiedziała. – Najlepsza wiśniowa, z bitą śmietaną.

Uśmiechnęłam się i ruszyłam na poszukiwanie łososia.

Przy deserze znajoma odebrała telefon.

– Nawet sobie nie wyobrażasz, jak tu jest pięknie, morze zlało się z niebem, w ogóle nie ma horyzontu! – powiedziała radośnie. – Zadzwonię później, bo teraz jemy kolację. – Rozłączyła się i uśmiechnęła do nas: – Dzwonił mąż, pytał, czy długo jechałam.

No a późnym wieczorem, kiedy zasiedliśmy pod rozgrzanym niebem, przy pełni księżyca, usłyszałam przypowieść o pijaku. I dopiero wtedy zdałam sobie sprawę, że przez cały dzień, a może przez całe życie, wszyscy mówimy to, co chcemy powiedzieć, i rzadko odpowiadamy na pytania. Są po prostu mniej istotne. Nastawiłam uszu i oto co zanotowałam:

Matka i synek:

– Dominik! Gdzie byłeś? Miałeś iść tylko do pokoju!

– Mamusiu, bo Igunia zgubiła mi wiaderko!

Dwie starsze panie na tarasie:

– Zajęłaś mi leżak?

– Nie starczyło dla mnie „Wyborczej".

Pan i pani w koszu wiklinowym:

– Wziąłeś krem ze stolika?

– Nie mogę złapać zasięgu.

Starsza pani z mamą:

– Za chwilę tu będzie słońce, rozłożyć ci parasol?

– Za dużo zjadłam sernika, ale taki był dobry.

Dwóch panów idących na tenisa:

– Które mamy miejsce w turnieju?

– Dzisiaj nie będzie padać, w każdym razie nie do południa.

Dwie dziewczyny idące deptakiem:

– Ty, a z Krzyśkiem się dzisiaj nie spotkamy?

– Anka mówiła, że będzie w meksykańskiej.

Dwoje dzieci budujących zaporę z piasku:

– Gdzie jest moje koło?

– Nie możesz tu mieć nogi.

W związku z tym postanowiłam odpowiadać na pytania, być uważną i bystrą, odpowiedzialną za słowo urlopowiczką. I udawało mi się, dopóki nie odebrałam telefonu od swojej uroczej redaktorki.

– Pani Kasiu, czy środa o piętnastej to dobry termin na spotkanie?

– Jezu, jak tu pięknie! – odpowiedziałam.

A Ewa, tu muszę wymienić jej nazwisko, Ewa Litaszewska, pisała znakomite fraszki i pozwoliła mi jedną z nich wykorzystać. Mianowicie: „Morze szumi, bo nic innego nie umi".

I to by się zgadzało. Nie tylko morze.

Śniło mi się, że mam misie

Czy pamiętacie, jak to było kiedyś? Kiedy jako dzieci chcieliśmy się czymś najważniejszym na świecie podzielić i zaczynaliśmy od „śniło mi się...”?

Śniło mi się – zawierzaliśmy komuś tajemnicę naszej duszy w nadziei na zrozumienie i bliskość, a ten ktoś, dorosły, wesoło kończył: ...że mam misie...

Ach, jakie to było denerwujące! Byliśmy nawet oburzeni trochę. No bo jakże to tak?

Śniło mi się... – to zaproszenie do ważnej rozmowy.

Nie rozmawialiśmy wtedy jeszcze o byle czym. Nie rozmawialiśmy o takich rzeczach jak polityka, spadek kursów walut, umacnianie się rządów, zwycięstwo naszej lub waszej partii ani o tym, jaką kiepską mamy pracę i ile mamy kredytu.

Mówiliśmy o rzeczach naprawdę istotnych. Na przykład: śniło mi się...

I dzisiaj właśnie moja przyjaciółka, mimo że jest dorosła i nawet ma męża, zwierzyła mi się ze swoich marzeń sennych.

– Wiesz, przyśniło mi się – zaczęła i zawiesiła głos, a ja z trudem zgniotłam między zębami słowa: „że mam misie”, bo w porę przypomniałam sobie dzieciństwo, i tylko wzięłam głęboki oddech. – Śniło mi się, że lecę samolotem...

– Sen o lataniu jest snem o dojrzewaniu – wymądrzyłam się.

– Ale to nie był normalny samolot. Miał tylko po jednym siedzeniu w rzędzie, rozumiesz? Się siedzi jedno za drugim, przede mną siedzi mój mąż i nagle słyszymy... – zawiesiła głos, więc wtrąciłam:

– No co słyszycie?

– Komunikat – westchnęła ciężko – że pilot musi wyłączyć silniki, bo zderzymy się z innym samolotem. – Wzięła głęboki oddech, a ja nie przerywałam. – Ale do tego zderzenia nie dochodzi i pilot próbuje, wiesz, jak w starym motorze znowu te silniki zapuścić, ale one nie działają i wiadomo, że za sekundę zaczniemy spadać...

– To straszny sen – wtrąciłam teraz.

– No właśnie! Ale jeszcze nie to jest straszne! Bo ja się wtedy nachyliłam do męża i mówię, bo jest mi już wszystko jedno, nigdy bym mu tak nie powiedziała, ale teraz, gdy mamy umrzeć, pomyślałam, że powiem, i mówię mu: „Chodź tu do mnie! Nie przerywaj!". Bo wiesz, on mógłby się przesiąść i wziąć mnie na kolana, wtedy bym się tak nie bała... I obudziłam się, serce waliło mi z całej siły i dalej się bałam. No i poza tym, rozumiesz, ta moja prośba... Na jawie bym go nie poprosiła, a we śnie... samo wyszło... – przerwała potok słów i zamilkła na chwilę, a potem dodała niespodziewanie: – Ale chyba on sam powinien wpaść na to, żeby się przesiąść, co nie?

Nie wiedziałam, co odpowiedzieć.

Nie tylko nie wiedziałam, co odpowiedzieć, ale w ogóle nie wiedziałam, co powiedzieć.

A potem wzięłam głęboki oddech i powiedziałam, że moim zdaniem też powinien na to wpaść, skoro spadali.

– I co ja mam teraz zrobić?

– Zapytaj go po prostu, dlaczego tego nie zrobił – zaproponowałam inteligentnie.

– Jesteś genialna! – Tak ją ucieszyła moja wyjątkowo bystra porada, że się rozłączyła.

Wieczorem zadzwoniła raz jeszcze.

– Więc wiesz, opowiedziałam mu ten sen, a on mówi, że nie ma takich samolotów – zaczęła, a ja od razu wiedziałam, o co chodzi.

– We śnie są – obruszyłam się.

– Dokładnie tak powiedziałam. Że w moim śnie taki był. A on mówi, że takich parówek nie ma.

– Jakich parówek?

– No właśnie, to ja pytam, jakich parówek. A on mówi, że tylko w parówce ludzie siedzą jeden za drugim, jak na bananie, takim pływającym, wiesz jakim?

Przytaknęłam, bo wiedziałam.

– A w serdelku to mogą usiąść obok siebie i on by na pewno siedział obok mnie, jakbyśmy gdzieś lecieli. W serdelku! Rozumiesz? Bo w parówce nie!

Tłumaczenie do mnie trafiało. Parówka jest cienka i długa, serdelek jest krótki i gruby.

– Rozumiem – potwierdziłam.

– Ja mówię, że lecieliśmy, i on właśnie siedział przede mną. A on mówi, że tylko w jednym samolocie mogliśmy tak siedzieć, to jest PZL M-15, odrzutowy dwupłatowiec, który był zrobiony dla Związku Radzieckiego i na pokazach lotniczych w Paryżu w latach siedemdziesiątych ktoś go nazwał Belfegor.

– On się zna na samolotach – powiedziałam z podziwem.

– No i ten samolot odrzutowy służył do oprysków i tam mogłyby ewentualnie zmieścić się ze trzy osoby, jedna za drugą, razem z pilotem. No to ja go pytam, jakich oprysków? No to on mi mówi, że pola opryskiwali. No to ja: ale żeby odrzutowo? Pole się powinno opryskiwać wolno.

– Pola na pewno się opryskuje wolno – widziałam na Discovery.

– No właśnie, a on, że właśnie dlatego, że te samoloty wolno leciały, to dużo paliły, bo były odrzutowe, a odrzutowy jak leci wolniej, to więcej pali. No to ja mówię, że to głupota przecież, tak na zdrowy rozum, robić coś szybsze, żeby musiało być wolniejsze, ale za to droższe. No to on mówi, że owszem, głupota, i te samoloty w ogóle miały kłopot, bo musiały latać nisko, żeby opryskać, a nisko są druty i różne inne rzeczy wiszące w powietrzu, a im było trudniej manewrować, bo z napędem tłokowym jest łatwiej wznosić się i omijać niespodziewane przeszkody.

Nadążałam tylko trochę, ale słuchałam ze zrozumieniem, co nie było najłatwiejsze.

– No i?

– No wiesz, to się zdenerwowałam, że zmienia temat, że w moim śnie, wyraźnie widziałam, dużo osób siedziało i dlaczego on się od razu, jak usłyszał ten komunikat, nie przesiadł do mnie? No to on powiedział, że teraz będzie się bał zasnąć. Ale przecież to był mój sen? To dlaczego on się będzie bał? To nielogiczne. Powinien się już raczej bać tego, że ja zasnę. Ale w końcu w ogóle nie odniósł się do mojej prośby, wiesz, żeby do mnie przyszedł. Widzisz, ja się tu przed facetem odsłaniam, a on tego nie zauważa.

– We śnie? – zapytałam trzeźwo, bo teraz dopiero troszkę zaczęło mi się to plątać.

Co ma do samolotu parówka, jakie serdelki, ja w życiu nie widziałam nikogo w parówce. Na bananie tak, dmuchanym pływającym. Ale skąd oprysk? Oprysk na pokazie?

Z tego wszystkiego rozumiałam tylko tyle, co już wiem, że facet potrafi każdą sprawę emocjonalną zwekslować na temat technicznych nowinek swoich zabaweczek, takich jak samoloty, samochody, komputery i tak dalej.

– No skąd we śnie? – krzyknęła na mnie. – W jakim śnie? Na jawie! Na jawie mu przecież powiedziałam o tym, co mi się śniło! Czyli podzieliłam się z nim czymś bardzo intymnym, przyznałam się, że we śnie chciałam z nim być w godzinę naszej śmierci, a on mi tu zasuwa o napędach tłokowych albo odrzutowych!

– Aha. – Dalej nie rozumiałam problemu napędów, ale jako kobieta rozumiałam, że teraz dzieliła się ze mną czymś dla niej ważnym i nie mogłam jej zawieść. – Ja bym się przesiadła do ciebie natychmiast – ucięłam rozmowę.

– No właśnie! – krzyknęła triumfująco. – On to powinien powiedzieć! Na jawie powinien! Że we śnie by się przesiadł! Jak ci mężczyźni nic nie rozumieją.

– Nic a nic – przytaknęłam zgodnie, bo przecież od razu było wiadomo, że nie chodzi o samolot ze snu, tylko o zachowanie jej męża na jawie.

Proste, nieskomplikowane.

Rzeczywistość jest lekko przemieszana z marzeniem sennym, ale przecież każdy człowiek na pierwszy – no, może trzeci – rzut oka potrafi to odróżnić.

Kobiecie potrzeba uczuć, a nie informacji z zakresu budowy silników.

Uczucie jest na jawie, silnik we śnie.

Czyli niedziałający silnik senny ma odbicie w realnej rzeczywistości niesennej. Dla mnie to zupełnie zrozumiałe.

I jej mąż powinien to wiedzieć. I we właściwy sposób zareagować. Oto przykłady:

– Kochanie, jakie to straszne, szczęście, że byłem tam z tobą!

– Maluszku, ale musiałaś się bać, w prawdziwym samolocie bym cię uratował!

– Misiu, to był tylko zły sen, przecież zawsze przy tobie jestem.

Albo po prostu:

– I tak mi na tobie bardzo zależy, wiesz o tym.

I o tym właśnie jej mąż powinien powiedzieć.

Wydaje mi się, że kotek i świnka

– Napisz teraz o czymś, o czym jeszcze nie pisałaś – zaproponowała mi Ewa, która wpadła, uwaga, bez zapowiedzi, jak za dawnych dobrych czasów. Bez telefonu uprzedzającego, SMS-a, maila i wszystkich tych nieszczęsnych rzeczy służących rzekomo do porozumiewania się zamiast spotkań.

A że szczęśliwie byłam ubrana, albowiem było sobotnie popołudnie w pełnym rozkwicie, nie miałam rozbebeszonego prania, gary były pozmywane, nie przerwała mi też romantycznej randki, więc mogłam się tylko ucieszyć i zamknąć komputer.

– Wszystko już było. – Machnęłam niedbale ręką, a drugą odkroiłam kawał przedwczorajszego sernika, który przypadkiem się ostał.

– Ależ skąd – skrzywiła się. – Przecież wszyscy jesteśmy nienormalni, rozumiesz?

To akurat wiem, żadna nowość, żadne objawienie.

– Napisz, że jesteśmy nienormalni.

– Nie sądzę, żeby ludzie ucieszyli się z takiej wiadomości.

– Ale ja, rozumiesz, dostałam taki test. I ja ci go zrobię, dobrze?

– Test w sensie na inteligencję, dobry związek, polepszenie jakości pracy czy po prostu...

– Test po prostu. – Ewa oblizała widelec po serniku i wsadziła do szklanki z herbatą, żeby wydusić cytrynę. Udawałam, że nie widzę potrzeby podania łyżeczki. Skoro i tak nie słodzi. Niech sobie widelczykiem radzi. I tak cud, że podałam widelczyki.

– A to proszę.

– A to wymień pięciu ostatnich laureatów Nobla.

– W jakiej dziedzinie? – zapytałam bystro, żeby zyskać choćby parę sekund.

– Obojętnie. Jakiej chcesz.

– Reymont – powiedziałam szybko.

– W ciągu ostatnich pięciu lat? Ekshumowałaś go czy co?

– No to Munro. – Mój mózg zagotował się, przegrzał i umilkł.

– I?

– A muszę ich znać?

– To wymień pięć ostatnich Miss Polonia.

– Zwariowałaś? Nie mam pojęcia i nie chcę mieć. Nic mnie to nie obchodzi.

– To pięciu aktorów, którzy dostali Oscara.

– Ewa, na co jest ten test?

– A widzisz, że nie wiesz! – ucieszyła się wyraźnie. – To dziesięciu najbogatszych ludzi na świecie.

– Gates i królowa angielska – tu byłam lepsza.

– To dwoje.

– Ewa! – zdenerwowałam się. – Na świecie jest prawie siedem miliardów ludzi, a ty mnie pytasz o jakieś nieistotne sprawy.

– No właśnie! – rozjaśniła się i przestała walczyć z cytryną. Oblizała widelczyk triumfalnie. – A teraz weź i wymień chociaż dwie swoje nauczycielki.

Z tym nie miałam żadnego problemu. Jedna uczyła biologii i głównie powtarzała: uspokójcie się, bo nie będę powtarzać, jak się nie uspokoicie, to więcej nie powtórzę, a druga powiedziała, że obleje mnie z chemii. Trzecia uważała, że jestem genialna z polskiego, ale do niczego nie dojdę, a fizyczka twierdziła, że ze wszystkim sobie poradzę, jak zwyciężę lenia, co we mnie drzemie. A na pewno nikogo oprócz mnie w środku nie było.

– No właśnie! – powtórzyła Ewa. – A teraz wymień trzech swoich przyjaciół.

– Dlaczego tylko trzech? – zdziwiłam się. – Mam ich więcej. Z tym że nie wiem, czy na przykład Manię zaliczyć do przyjaciół, skoro to moja rodzina, czy do rodziny. I czy ktoś z rodziny liczy się jako przyjaciel. I czy Agnieszkę, z którą widuję się rzadko, ale zawsze jest tak, jakbyśmy się widziały wczoraj, mogę wymienić, bo skoro Agnieszka, to na pewno Marzena również. Bo obie są mi tak samo bliskie. Zosia. Ola. I jeszcze bym kogoś znalazła! A w ogóle to czemu ma to służyć?

– Służyć to ma temu, że my sobie w ogóle nie zdajemy sprawy, że jesteśmy szczęśliwi. Bo my jesteśmy nienormalni. Bo myślimy, że jak ktoś ma pieniądze, sławę albo jest piękny, to jest ważny. A ważni są dla nas ludzie, którzy nas lubią, których my kochamy, rozumiesz? Twoje nauczycielki nie miały Nobla, a my nie dostałyśmy Oscara i niestety, nie mieścimy się w dziesiątce najbogatszych ludzi świata. Tylko nam się wydaje, że to jest ważniejsze. I to był test właśnie na to. Żeby ci to uświadomić. Że wszyscy jesteśmy nienormalni, bo nam się dużo rzeczy wydaje, które w ogóle prawdą nie są...

Jak wyszła, szybciutko zanotowałam tę rozmowę, choć to nic nowego, ale zawsze można taki test sobie zrobić w celu polepszenia samopoczucia. I zadzwoniłam do Ani, żeby jednak skonfrontować to wszystko z rzeczywistością.

Moja przyjaciółka Ania jest weterynarzem.

Po pierwsze, stwierdziła, że mam braki, bo test krąży w Internecie i Ewa tego testu nie wymyśliła. Po drugie, powiedziała mi, że owszem, jej się też czasem dużo rzeczy wydaje, ale jest normalna. Na przykład przyszedł do niej facet z kotem. Kot był w opłakanym stanie, facet w jeszcze gorszym. Zaniedbany był i biedny, ale kotek mu na sercu leżał, bo trzeba go było zaszczepić, na rozwalającym się rowerze przyjechał, kotka z pudełka po butach wyjął, bo o kotka dbać trzeba. Drobne wysupłał, kotka postawił na stole, ona kotka zaszczepiła, książeczkę dla zwierzaków z szuflady wyjęła i zaczęła wypełniać dane, głównie właściciela. Aż doszła do rubryczki „imię zwierzęcia" i zadała pytanie, jak się wabi kot.

– Wabi?

– Jak się nazywa – poprawiła się szybko i od razu pomyślała, że jednak nie jest normalna, bo kotek pewno nazywa się Kiciuś albo Bury, albo w ogóle nie ma żadnego imienia, bo ten zaniedbany biedny pan jak go niby ma nazywać?

I wtedy usłyszała: – Ona nazywa się Esmeralda.

I dodała, à propos tego, co nam się wydaje, że niedawno była u ludzi, którzy kupili sobie dwa lata temu małą świnkę wietnamską. To znaczy wydawało im się, że to jest świnka wietnamska, malutka, miniaturowa. Bo teraz bydlę waży sto dwadzieścia kilo, leży razem z panem domu na kanapie i z Wietnamem nie ma nic wspólnego.

– Ale jak to się ma do tego, co nam się wydaje?

– Jak to jak? Właśnie tak – wydaje nam się, że kupiliśmy małą, rozkoszną wietnamską świnkę, a potem musimy kochać normalną dużą świnię! – Roześmiała się radośnie w telefon i dodała: – Całe szczęście, że mają kanapę w skórze.

Zginął pies z czarnym ogonem, do którego była przywiązana dziewczynka

Bardzo lubię to zdanie, wyjęte żywcem z jakiegoś prawdziwego ogłoszenia na słupie. Ono zresztą wcale mnie nie bawi, a zaraz wytłumaczę dlaczego. Jednak zanim to nastąpi, chciałabym podzielić się moją własną prawdziwą historią.

Dawno, dawno temu poznałam pewną kobietę. Nazwijmy ją panią Sarą. Była jedną z milszych osób, z jakimi się zetknęłam – pogodna, uśmiechnięta, życzliwa wobec świata, dowcipna, pomocna, z poczuciem humoru, obdarzająca swoim urokiem rzeczywistość w stopniu niezrównanym. Miała jeszcze coś, co uwielbiałam – na każdą okazję jakąś historię. Barwną, wciągającą, o obcych krajach, niezwykłych ludziach, których spotykała, podróżach, interesach w świecie, radościach i tragediach.

Ach, kiedy zasiadała w fotelu i zaczynała mówić, jak to kiedyś z pierwszym mężem mieszkała na Sycylii i co się tam wydarzyło – wbijało mnie w drugi fotel na całe godziny. Razem z armatorem greckim założyła spółkę, ale ich statek zatonął przy Przylądku Dobrej Nadziei. Byliby bogaci z mężem, niestety, nie wypłacono im odszkodowania, od dwudziestu lat się procesuje. W pewnym momencie miała nawet udziały w hotelu Marriott.

– Ale życie płata figle, teraz mam małą emeryturę. – Uśmiechała się pogodnie i zgrabnie przechodziła do następnej opowieści.

Godzinami mogłam słuchać o ich wspólnych wyprawach do puszczy brazylijskiej, o tym, jak się tam zgubili, a odnaleźli trzysta kilometrów dalej, o mężu, który wyzdrowiał po spotkaniu z szamanem, o uzdrowicielach Dalekiego Wschodu, na krańcach Rosji, którzy potrafią też wskrzeszać zmarłych, o przyjaciołach, którzy już nie żyją, ale którzy walczyli z mafią sycylijską, o zwierzętach, które razem z mężem wychowali: małym tygrysku, wypuszczonym potem na wolność, dzikich kotach, psach, małpach, z którymi było więcej kłopotu niż z całą klasą podstawówki – jednym słowem, słuchałam jej z zapartym tchem. I myślałam: Boże, jakie niezwykłe życie ma ta kobieta! I po tylu tragediach nie straciła pogody ducha? Nie ugięła się, choć los jej przecież nie sprzyjał.

Czerpałam siłę z jej opowieści. Była bogata, była biedna, była żoną, była wdową, mieszkała na czterech kontynentach, mówiła biegle pięcioma językami, była tam, gdzie ja bym nie miała odwagi pojechać, znała ludzi, których ja nigdy nie poznam, ale byłam szczęśliwa, że dzieli się ze mną tym wszystkim, co przeżyła.

Aż pewnego dnia moja inna znajoma, wysłuchawszy kolejnej opowieści o pani Sarze, popatrzyła na mnie z politowaniem i powiedziała:

– Stuknij się w głowę, Kasia, ty wierzysz we wszystko, co ci ludzie powiedzą. Ona jest urocza, ale ma jedną wadę – to wszystko nie ma nic wspólnego z prawdą. Ty naprawdę wierzysz, że ona ma udziały w hotelach na świecie, a tu nie ma z czego żyć? Że miała bogatego męża, który w tajemniczy sposób zaginął? Że mieszkała z tygrysem? Albo jesteś tak łatwowierna, albo wielki głuptas z ciebie. Wszystko ci można wmówić.

Przykro mi się zrobiło, bo uważam, że na ogół ludzie nie odczuwają nadmiernej potrzeby wpuszczania innych w maliny, nie kłamią bez wyraźnego powodu, po co ktoś chciałby specjalnie dla mnie produkować jakieś niestworzone historie? Po co człowiek, który nie jest moim mężem, chciałby mi coś wmawiać?

Z panią Sarą straciłam wkrótce potem kontakt, wyjechała za granicę, dokąd – nie wiem, nie odezwała się do mnie, ku mojemu rozczarowaniu, pomyślałam tylko, że być może koleżanka miała rację, a ja nie bez powodu zajmuję się pisaniem i tworzeniem fikcji, skoro wierzę we wszystko, co słyszę. Chociaż jeśli mam być szczera, brakowało mi jej opowieści, nawet jeśli były do cna zmyślone.

Nadszedł maj i wylądowałam na parę dni w Londynie. Londyn to bardzo przyjemne miejsce, w którym wszyscy mówią po polsku. Już na lotnisku pani celniczka powiedziała: „Witamy w Londynie, będzie tu pani pisać nową książkę?". Poczułam się dumna jak paw. Co innego Londyn, a co innego mój znajomy targ! Jestem znana za granicą nawet, ha! W sklepie z butami, kiedy poprosiłam o „bigger", pani uśmiechnęła się pięknie i powiedziała:

– Numer, dwa? Mamy jeszcze czarne w tym fasonie, pani Katarzyno...

W Harrodsie miła sprzedawczyni na stoisku z biżuterią nachyliła się do mnie i powiedziała:

– Pani Kasiu, siostra mi przysyła pani książki! Od sześciu lat tu jestem...

Ach, co to był za miły pobyt!

Więc w tym Londynie na ulicy w południe trzeciego dnia widzę panią Sarę. Aż podskoczyłam na jej widok z radości – uściskałyśmy się jak stare, dobre przyjaciółki, ona chwyciła mnie za rękę i zapytała:

– Jakaś kawa? Masz chwilkę?

Rozejrzałam się i niewiele myśląc, pociągnęłam ją w stronę holu hotelu Marriott, przy którym stałyśmy. Obszerny hol, miły chłód, klimatyzacja, rozejrzałam się, gdzie usiądziemy, kiedy nagle w naszą stronę ruszyła ślicznie ubrana w mundurek hotelowy jakaś widać ważna pani.

– Witam serdecznie! – powiedziała po polsku, co już mnie nie zdziwiło, wypięłam pierś dumnie, że taka znana jestem i tutaj, uśmiechnęłam się uroczo i skromnie spuściłam oczy; połechtana do nieskończoności, moja próżność rozdymała się jak balonik z helem, pani w mundurku podeszła bliżej i rozłożyła ramiona w ciepłym geście powitania.

– Pani Saro, jak to miło znowu panią gościć! Nie zapomniała pani o nas! A pani apartament tyle czasu na panią czeka! Jest pani z gościem?

Odebrało mi mowę.

Pani Sara przywitała się z umundurowaną, nieco speszona, pani w mundurku zaprowadziła nas do kawiarni.

– Wiem, że tyle nieszczęścia na panią spadło... Jak te sprawy z armatorem? To takie nieprzyjemne, że trwa to latami... Często myślę o pani i o pani mężu. To był taki wspaniały człowiek... Myślałam, że jest pani na stałe w RPA...

Powietrze uchodziło ze mnie jak z pęcherza karpia przed Wigilią. Patrzyłam okrągłymi oczami na panią Sarę, która nieśmiało kiwała głową, że ach, nie warto o tym wszystkim mówić, życie idzie dalej, trzeba cieszyć się tym, co się ma, itede, itepe.

Serdecznie żałowałam, że nie ma mojej znajomej w tym Marriotcie, przy tej kawie, ach, jak żałowałam!!!

Wniosek z tej mojej historii jest niezaprzeczalnie prosty i w dodatku dobrze mi znany. Nie wszystko jest takie, jak się nam wydaje. I dlatego mogę spokojnie przejść do zaginionego psa.

Jeśli widzę napis na słupie: „Zginął pies z czarnym ogonem, do którego była przywiązana dziewczynka", to zastanawiam się po prostu, jak mógł zaginąć pies z dziewczynką? Przecież jeśli ona była przywiązana do jego ogonka, to daleko jej nie pociągnął. Bo na ogół dziewczynki ważą więcej niż pies. Dziewczynka może też krzyknąć na psa, żeby się nie gubił bez sensu. Czym ona była przywiązana? Dlaczego się nie odwiązała? Jak to mogło wyglądać? Pies biegł, a ona za nim? Ogonek nie utrzyma żadnego ciężaru, pies poza tym nie lubi być ciągnięty za ogon. Może się nie zgubili, tylko po prostu razem gdzieś poszli?

Biorę rzeczy mówione i pisane serio. Nieprawdopodobne staje się możliwe, bardzo, bardzo często.

Zupa była za słona

Dosięgły mnie wiadomości ze świata i pomyślałam sobie, że kiedy wszyscy się martwimy o pokój, czas napisać bajkę. Oto i ona:

Dawno, dawno temu, za siedmioma górami i za siedmioma lasami, w obcym państwie, gdzie ludzie mieli skośne oczy, urodził się chłopiec. Nie wiem, jaki był w dzieciństwie, może lubił puszczać latawce? A może marzył, że poleci na Księżyc? A może po prostu chciał zrobić coś najważniejszego na świecie, jak każdy chłopiec? Dorastał sobie spokojnie, chodził do szkoły, potem na studia, potem skończył studia, potem pracował w jakiejś firmie, potem pracował w gazecie, potem założył firmę.

Być może pewnego dnia rozejrzał się i stwierdził, że na świecie wcale nie jest najwięcej szczurów, ani nawet komarów, nie wspominając o ludziach. Na świecie najwięcej jest wody. Woda jest wszędzie, w chmurach i oceanach, jeziorach i podwodnych ciekach, w lodzie na Grenlandii, w każdym człowieku i każdej roślinie. Być może pomyślał sobie: Ha! To ciekawe! Co ludzie wiedzą o wodzie? Że to H_2O? To za mało. Bez wody nie ma życia, pobawię się wodą. Zobaczę, jaka naprawdę jest.

I ten oto chłopiec, który był już mężczyzną, zaczął się bawić w badanie wody. Kupił mikroskop, który powiększał wszystko prawie czterysta razy! A może pożyczył? Tego nie wiem. W każdym razie miał i mikroskop, i kamerę, i tysiące litrów wody, która była wszędzie.

Brał próbki wody, zamrażał je i oglądał pod mikroskopem. Ale woda w czterystukrotnym powiększeniu była z każdego źródła inna! Kryształki lodu z wody z lodu arktycznego miały wygląd gwiazdki sześcioramiennej, ładnej, woda z Lourdes z Francji była kryształowym pierścieniem, a woda z jeziora Biwa-ko w Japonii, które jest zanieczyszczone, zamieniała się w niekompletne, zdezelowane kryształki.

Mężczyzna, który był kiedyś małym chłopcem, pomyślał sobie: Oho! Woda zachowuje się dziwnie! Puszczę jej muzykę, zobaczę, co się będzie działo!

I tak zrobił. Przy *Pastoralnej* Beethovena kryształki lodu z wody, która jej słuchała, były zwarte i śliczne, przy Bacha *Arii na strunie G* też śliczne, ale zupełnie inne, przy tańcu ludowym układały się w kwiat, a przy tybetańskiej sutrze chciały być okręgiem, tylko przy heavy metalu – straszny się tam zrobił bałagan.

– To niesamowite – powiedział mężczyzna, który kiedyś był chłopcem. – Wygląda na to, że woda ma jakieś niezwykłe właściwości. Zobaczę, co się stanie, jeśli się przy niej pokłócę. A potem pogodzę. Jeśli powiem jej: Dziękuję, albo jeśli zwymyślam ją od głupków.

Ponaklejał kartki na naczynia z wodą. Na jednej napisał „miłość", na drugiej „dziękuję", na trzeciej „Adolf Hitler" .

Wcale się nie zdziwił, gdy po dwudziestu czterech godzinach, kiedy każdą z nich zamroził i sobie dobrze obejrzał, tam gdzie były dobre słowa, kryształki układały się w przecudne wzory, a na Hitlerze – ciemna plama!

Tak go to wciągnęło, że prawie przez dwanaście lat cały czas zajmował się wodą! I zobaczył, a nawet sfotografował dowody, że woda może magazynować nie tylko informacje, ale również uczucia i stany świadomości.

Napisał książkę, potem drugą, potem trzecią, potem nakręcił film, a potem zaproszono go do najważniejszych krajów na świecie.

Ten chłopiec nazywał się Masaru Emoto i był zupełnie dorosłym prawdziwym człowiekiem. Udowodnił, że próbki wody poddane pozytywnym myślom krystalizują się w niezwykle piękne formy, te zaś, które zostały poddane negatywnemu myśleniu – w formy brzydkie. Wodę pochodzącą z tego samego źródła poddawano różnym czynnikom – i jej obraz był w każdym przypadku inny, co oznaczało, że woda ma właściwość zapisywania w swojej strukturze dźwięków, myśli i emocji.

Jego eksperymenty są przedmiotem badań w wielu krajach. On sam na wykładach pokazywał, na przykładzie ryżu, jak wiele od nas zależy. Poddano badaniu dwie próbki ryżu – do jednej mówiono: Dziękuję, do drugiej: Ty głupku. Pierwsza częściowo sfermentowała i wydzielała przyjemny zapach, a druga cała sczerniała i wydobywał się z niej okropny smród. Jedzenie, nad którym ludzie się modlą, ma inne właściwości niż to, przy którym ludzie się kłócą.

Rok temu ugotowałam przy trzech świadkach woreczek ryżu. Wyparzyłam dwa słoiki po majonezie, do każdego wsadziłam, w towarzystwie kamery i trzech świadków, po trzy łyżki ryżu. Słoiki zakręciłam i zakleiłam taśmą malarską. Na jednym napisałam: „Nienawidzę cię, jesteś obrzydliwy". Na drugim napisałam: „Kocham cię i błogosławię ci".

Możecie mi wierzyć albo nie, obojętne. Możecie również sami zrobić takie doświadczenie.

Już po tygodniu widać było, co się dzieje – słoik z nienawiścią w środku pociemniał, słoik z miłością się nie zmienił. Po dwóch miesiącach słoik z nienawiścią miał grubą warstwę pleśni, słoik z miłością nie zmienił koloru, tylko grudki ryżu stały się jakby bardziej kleiste. Po roku w jednym nie było nic widać przez ciemne pajęczyny czegoś, a to, co było w drugim, pozostało złotawobiałe.

Po co to zrobiłam? Bo jestem niedowiarkiem. Niby wierzę, że dobro niesie dobro, ale... co mi szkodzi sprawdzić?

Sprawdziłam. Również dlatego, że z badań pana Emoto jasno dla mnie wynika, że jeśli woda może, to tym bardziej ja – człowiek. I że to nie Jakiś Ktoś ma wpływ na losy świata. Nie tylko on – każdy z nas. Z każdą myślą agresywną podwajamy agresję, z każdym dobrym słowem zwiększamy dobro na świecie. Możesz mieć za słoną zupę i złościć się albo możesz spojrzeć z miłością na tego, kto dla ciebie ten posiłek przygotował.

Święta przyjaźń

Blisko świąt wszyscy spodziewamy się, nawet ja, świąteczności. Iskrzącego się jak diamenty śniegu. Dźwięku dzwoneczków przy saniach wiozących nas w lepszą przyszłość. Pierwszej gwiazdki na niebie, stukotu kopyt reniferów lądujących na dachach domów, słodkiej tajemnicy oczekiwania na nieznane, grubiutkich Mikołajów w kominach, worków z prezentami pod pachnącymi lasem świeżutkimi świerkami czy jodłami. Zapachu ciast sączącego się smakowicie z pieców, woni pasztetów domowej roboty, suszonych grzybów, kapusty i ciszy jak mak.

Próbujemy sobie przypomnieć dzieciństwo, podkradane smakołyki, ukradkiem zamoczony w cieście drożdżowym palec, upomnienia: Nie dotykaj, to surowe, nie bierz tych rodzynek, potrzebne do sernika, wyjdź z kuchni, popatrz, czy Święty Mikołaj już przyszedł! Nie zdejmuj pierników z choinki, nie wieszaj tych bombek, bo Mikołaj nie przyjdzie! Byłeś grzeczny?

A ja dzisiaj cierpię, bo muszę napisać o świętach. Jak zawsze, jak co roku, bo takie jest przykazanie z góry i żadnych ustępstw nie będzie. I kiedy zastanawiałam się, jak z tego mądrze wybrnąć, zadzwonił telefon.

– Dzień dobry, pani Katarzyno, czy mogę zająć chwilę?

– Bardzo proszę – odetchnęłam z ulgą, potem się zastanowię, na pewno coś mi przyjdzie do głowy.

– Z czym się pani kojarzą święta?

– A jakie wspomnienie najważniejsze?

– A jaka potrawa w pani domu?

– A czy sianko pod obrusem było?

– A może jakaś anegdota? Bo my tu dzwonimy do różnych osób i taką ankietę robimy...

– A dlaczego pani nie chce o tym mówić? To przecież taki ważny teraz temat... na czasie...

– Bardzo proszę napisać parę słów o świętach, czym one są... dla wierzących i niewierzących, żeby tak oryginalnie było...

No właśnie. Dlaczego nie chcę, żeby było oryginalnie? A napisać muszę. Wypuściłam psy, wróciły zadowolone i upaprane błotem, wymyłam im łapy i zadzwoniłam do koleżanki z ławy szkolnej, na której pomoc zawsze mogłam liczyć.

– Ewa, błagam, z czym ci się kojarzą święta?

– Które?

– No te, teraz.

– Aaa – powiedziała – piszesz coś?

– Muszę o świętach napisać. Czym one dla ciebie są?

– Ale ty jesteś dziwna. To każdy wie. Napisz, czym one nie są.

Nie są! Jakie to proste! Więc wszyscy wiemy, czym są święta Bożego Narodzenia, a niewiele osób rozważa, czym nie są. Wypełnię tę lukę!

– Ale co mam napisać?

– Normalnie, że na przykład nie są to święta związane z jakimś pochodem. Na przykład pierwszomajowym. Na pewno nie. Nie jest to również święto związane z jajkiem. Możesz umieścić mój poemat.

– Na temat świąt?

– Nie świąt, jajka. Tytuł: *Jajecznica na winie.*

– Ewa, zmiłuj się! Jajecznica?

– Tylko napisz wyraźnie moje nazwisko. Ewa Litaszewska. Dyktuję, piszesz?

Szybko wyjęłam notes.

Przed usmażeniem jajecznicy
Albo omleta – bez różnicy
Spójrz na skorupki dłużej
I pomyśl o matce – kurze.
Bo choć nie zdradziecko
– to jednak stłukłeś jej dziecko.

– I możesz dodać, że Boże Narodzenie nie jest też Dniem Dziecka. Choć Dzień Dziecka jest również pierwszego, tak jak pierwszomajowy pochód, który też jest pierwszego, tylko miesiąc wcześniej.

– Nie jest również Dniem Matki – zdenerwowałam się. – Który w ogóle nie jest pierwszego, ani nawet drugiego. Nie jest też Dniem Niepodległości ani żadnym innym Dniem Nauczyciela. Który zresztą jest w okolicach października. I nie ma nic wspólnego z walentynkami.

– No właśnie. I napisz, że również nie jest to święto związane z konstytucją. Żadną. Resztę sama wymyślisz, pooglądaj telewizję, mamy okres przedświąteczny. – I odłożyła słuchawkę.

No właśnie. Tym wszystkim Boże Narodzenie nie jest. Ale to dzień, na który czekamy cały rok, upstrzony innymi, mniej przydatnymi świętami. I jest to bardzo przydatne święto. Dla choinek. Sklepów. O tym mam napisać?

Nakarmiłam psy i włączyłam telewizor. Trafiłam na reklamę okołoświąteczną. Na ekranie jakiś pan w ogóle nie umiał się ucieszyć z prezentu. I oni go namawiali, żeby się cieszył bardziej, a on nie, nie mógł po prostu. Bo znowu dostał skarpetki. A głos zza ekranu zachęcał, żeby wziąć pożyczkę i temu panu kupić coś lepszego. Dostał coś lepszego i już od razu umiał krzyknąć radośnie.

Jasno z tego wynikało, że jedyne, co nam zostanie po świętach, to kredyt. Zadzwoniłam powtórnie do Ewy.

– Powiedz, dlaczego święta są niezbędne? Nie chcę pisać, że chodzi o kredyty i sklepy – warknęłam.

– Święta są potrzebne dzieciom, które nie mają na imię Ewa i Adam, bo te i tak dostają prezenty na imieniny.

– Jak myślisz, czy jest ktoś, kto nie znosi świąt? – zapytałam niewinnie. – Oprócz ciebie i karpi, rzecz jasna?

– Karpie to nawet jajek nie znoszą – odpowiedziała moja przyjaciółka i roześmiała się. – Koniecznie napisz o jajkach. Będzie oryginalnie. I dodaj, że okres świąteczny nie jest okresem inwestycji drogowych.

Odłożyłam słuchawkę tym razem ja.

Ale właściwie Ewa miała rację. Święta nie są inwestycją drogową, tylko drogą inwestycją. Inwestujemy we wszystko. W prezenty, w choinki, w jedzenie. W bombki, ozdoby, sztuczne ognie, lampeczki, jelonki. Niepotrzebne i potrzebne rzeczy, bo przecież święta!

Okres świąteczny jest okresem bardzo specjalnym, bo wiemy, co będzie. Możemy nawet przewidzieć program telewizyjny. Idę o zakład, że będzie *Kevin sam w domu*. I najpierw bieganie po sklepach, potem karp, potem choinka, potem rodzina, potem się przejemy, potem odpoczniemy, potem wyślemy milion SMS-ów z życzeniami radosnych i pogodnych świąt, po czym w świątecznym nastroju dożyjemy nowego roku, który oby nie był gorszy.

Czym te święta nie są jeszcze? Nie są okresem spokoju, harmonii, zgody. Bo przyspieszamy w tym czasie. Ścigamy się. Biegniemy. Pożyczamy i wydajemy. Kupujemy. I chcemy, żeby już było po, bo to takie wariactwo.

Kiedy zapomnieliśmy zwolnić, zastanowić się, przeprosić, pogodzić, spotkać, uściskać, zrobić własnoręcznie prezent? Kiedy mieliśmy dla naszych bliskich coś cenniejszego od ciast, prezentów, mięs, pasztetów – czyli czas? Kiedy wyłączyliśmy telewizory, spojrzeliśmy sobie w oczy, wspólnie zaśpiewaliśmy kolędy, pobawiliśmy się z dziećmi, porozmawialiśmy ze starą ciotką albo wysłuchaliśmy babci, która zawsze zaczyna: „A za moich czasów"? Kiedy zobaczyliśmy drugiego człowieka, takiego samego jak my – czasem zmęczonego, czasem przestraszonego, czasem zezłoszczonego – ale przecież niepowtarzalnie wspaniałego? Kiedy sami przestaliśmy być wspaniali? Kiedy zapomnieliśmy, że przecież w święta Bożego Narodzenia Bóg się rodzi?

Siedzę przy komputerze i zastanawiam się nad tamtymi świętami, przed którymi moja przyjaciółka

Ewa dyktowała mi, czym święta nie są. Przyjaciółka, do której dzwoniłam w każdej sprawie, od pytania, co jest zadane z fizyki, do zwierzania się, kogo poznałam, w kim się zakochałam.

Nie mogę już dzisiaj do niej zadzwonić.

Zmarła rok temu na raka.

Staram się nie myśleć o tym, że powiedziano jej na onkologii, że lekarstwa, które dostaje, nie działają, w związku z czym wycofują refundowanie tego rodzaju chemii. Staram się nie myśleć o tym, że ten sam lekarz w czasie następnej wizyty zaproponował jej kupno za kilkanaście tysięcy miesięcznie tych samych lekarstw, które nie działały i które zostały odstawione. Którymi próbowała się obronić przed chorobą.

Staram się pamiętać przy okazji świąt, że mogłam zadzwonić do kogoś, kto pamiętał, w której ławce siedziałam na chemii, do tej, od której mogłam ściągać matmę i która pamiętała, jak moja trzyletnia córka opiekowała się jej córeczką, i która na widok mojego wnuka aż jęknęła z zachwytu. Do kogoś, kogo znałam całe życie i kto mnie znał.

Dzisiaj już nie musiałabym do niej dzwonić, żeby zapytać, czym są święta. Dla wierzących i niewierzących są pamięcią.

Wybieram prezent pod choinkę

– Co chcesz dostać pod choinkę? – pytanie wyrwało mnie z błogiej zadumy. Zastanawiałam się właśnie, co też on chciałby dostać ode mnie w prezencie. Coś nietuzinkowego, od serca, coś, co jednocześnie byłoby spełnieniem jego drobnego marzenia, a o czym nie miałam pojęcia. Niedrobne znam – to żeby między nami było dobrze, w kraju spokojnie, na świecie bez wojen, poza tym niczego nie potrzebuje. Od trzech tygodni myślałam, co mu kupić.

– Niespodziankę – odpowiedziałam natychmiast, bo nic mi nie przychodziło do głowy, poza oczywiście zdrowiem, dobrym samopoczuciem, brakiem wojen, szczęściem dzieci i tak dalej.

Jęknął w odpowiedzi i już, już chciał coś powiedzieć, ale szczęśliwie zadźwięczał telefon. Odebrał.

– Ależ oczywiście! – usłyszałam niezbyt radosny głos. – Nie będzie żadnego kłopotu! Kasia będzie zachwycona! Nie ma sprawy! Czekamy z radością!

– Czekamy z radością na co? – zapytałam, bo zamilkł i zwiesił głowę.

– Marta chce przyjechać jutro i przenocować u nas, może?

– Jasne – odpowiedziałam mało radośnie, bo choć Martę bardzo lubię, to miałam inne plany na weekend.

– Będzie z Blanką – dodał, i tu zrobiło mi się lekko słabo.

Pięcioletnie dziewczynki nie ułatwiają życia. Ale to już jakby rodzina.

Przyjechały po południu. Marta od drzwi mnie uściskała i powiedziała, że się cieszy, Blanka zapytała, czy może wejść do Internetu, bo tam jest piosenka *Czekolada*, którą ona lubi, a mama jej nie daje telefonu, i krzyknęła, że boi się Rodosa. Rodos jest malutkim białym pieskiem przywiezionym przeze mnie z Rodos i wygląda jak zabawka. Nigdy nie zrobił nic nikomu, potrafi się tylko cieszyć. Więc Rodos został chwilowo zamknięty w łazience i nie wiedział, co się dzieje, więc szczekał.

Marta powiedziała, że wieczorem ma spotkanie i czy Blaneczka może zostać. Blaneczka ryknęła, że nigdzie nie zostanie i chce komputer, Rodos szczekał, Blanka zaczęła krzyczeć, że chce pić i nie chce psa.

Marta powiedziała, że idzie się wykąpać i czy mam szampon i odżywkę, bo nie zdąży do fryzjera, i żeby się Blanka uspokoiła, bo ją zamknie w łazience z Rodosem, i że ma dosyć jej humorów. Blanka zaczęła płakać, mój facet z najwyższą niechęcią wprawił w ruch komputer i próbował ją zająć wyszukiwaniem piosenki *Czekolada*, ja weszłam z Martą do łazienki, żeby jej dać szampon i odżywkę, Rodos wymknął się do pokoju i próbował chyba przywitać się z Blanką, bo usłyszałyśmy tylko krzyk.

– Wujek, zabij tego psa!

A potem już było prawie normalnie.

Rodos siedział w kuchni, Blanka siedziała na kolanach wujka i razem grzebali w Internecie, natomiast Marta wyszła z łazienki z mokrą głową i zapytała, gdzie mam suszarkę.

– Wisi na haczyku przy lustrze – odpowiedziałam.

– No ty chyba żartujesz. – Marta tak wysoko uniosła brwi, że aż się zdziwiłam, że tak można. – To nie masz suszarki z dyfuzorem? Nie masz czy nie chcesz mi dać?

– Nie mam – powiedziałam cicho.

– Rany boskie! – krzyknęła rozdzierająco. – To niewyobrażalne! To niemożliwe! To zacofane! Dlaczego mi nie powiedziałaś?! Co ja mam teraz zrobić?

– Wujek, podłącz głośniki, ja nic nie słyszę! – krzyknęła Blanka.

– Nie mam głośników – odpowiedział spokojnie mój facet.

– Nic nie słychać! Mama, oni nawet nie mają głośników do komputera! – poskarżyła się Blanka.

– I nie mają suszarki, co to za dom! – Marta przytuliła Blankę, obie wyglądały na zrozpaczone. – Nic dziwnego, że ciocia Kasia ma takie włosy! Z dyfuzorem fryzura jest lepsza, pełniejsza, nie niszczy się tak włosów, można je ułożyć! Boże, co ja zrobię!

Kiedy w końcu Blanka zasnęła, wymknęliśmy się do kuchni. I tak musieliśmy czekać na Martę.

– Obejrzymy coś? Przyniosę komputer – zaproponował cicho mój facet. I wtedy po raz pierwszy zdałam sobie sprawę, że z głośnikiem, nawet jakimś malutkim, lepiej by się oglądało.

– Chciałbyś pod choinkę głośniki? – zapytałam odważnie, bo to nie byłby głupi prezent.

– No, może by się przydały – mruknął. – No, to fajny prezent. – Objął mnie wpół, przysunęłam bliżej krzesło, fajnie nam się tak siedziało po tych sześciu godzinach spędzonych na karmieniu, zabawianiu, pojeniu, kąpaniu, czytaniu, namawianiu Blanki na sen. – Masz piękne włosy – szepnął. – Chcesz suszarkę z dyfuzorem? Ucieszyłabyś się? Ja się tak męczę z tym prezentem dla ciebie...

Odetchnęłam z ulgą.

Marta z Blanką jutro wyjeżdżają, a my mamy problem z głowy.

Bajka prawdziwa

Ja też bywałam wyrzucana z pracy.

Ostatni raz za tekst, który napisałam w październiku 2015 roku.

I który został opublikowany.

Ktoś Od Decyzji, z którym dotychczas byliśmy na „ty", zadzwonił do mnie w moje imieniny.

Ucieszyłam się, bo nie miałam pojęcia, że pamięta.

A on powiedział:

– Proszę pani, kończymy współpracę, do widzenia.

Tę bajkę napisałam po rozmowie ze znajomym księdzem, który powiedział:

– Teraz takie czasy, że i Jezus miałby nielekko ze swoją ciemniejszą skórą. A ludzie nie są źli, są zdezorientowani i przestraszeni. Przeciwko temu należy działać. Nie lękajcie się – to jest właściwe przesłanie.

BAJKA NIEPRAWDZIWA

Dawno, dawno temu pewna młodziutka dziewczyna zaszła w ciążę. Nie było to w czasach, kiedy od razu zbierała się rada pedagogiczna i zasądzała wyrzucenie uczennicy z gimnazjum, bo nastolatka w ciąży przynosi zgorszenie i daje zły przykład. Nie, to było w czasach, kiedy w ogóle, ale to w ogóle nie było jeszcze nawet reformy szkolnictwa. I dziewczynki stawały się kobietami dużo wcześniej. I nie budziło to nieczystych myśli, tylko po prostu tak był urządzony świat. Te młode kobiety oczywiście powinny mieć mężów, bo to jest bardzo stary zwyczaj, że dzieci należy rodzić w rodzinie, choć niekoniecznie przestrzegany.

A dziewczynka – miała już może czternaście, a może piętnaście lat – pewnego dnia stwierdziła, że jest w ciąży. Przestraszyła się bardzo, bo nie miała męża, ale po jakimś czasie zrozumiała, że tak widać musiało być. Znalazł się zresztą zaraz bardzo przyzwoity człowiek, który powiedział, że zaopiekuje się nią i dzieckiem i żeby się nie martwiła. Takie rzeczy się zdarzają nawet dzisiaj, choć coraz rzadziej.

W ogóle podobno dziesięć procent dzieci i tak ma innego ojca, niż wskazuje na to metryka. No ale też ojcowie nie wiedzą, że to obce geny. I nie ma żadnych afer, dopóki dziecko nie popełni przestępstwa na przykład w Stanach Zjednoczonych i nie zrobią mu natychmiast testów DNA – co wiem z seriali amerykańskich. Albo, dajmy na to, ojciec zachoruje na rzadką chorobę i dziecko mu będzie chciało oddać krew, i wtedy się okaże, że to nie jego dziecko – co wiem z filmów amerykańskich pełnometrażowych.

Wracam do tego przyzwoitego człowieka, co powiedział: OK, to ja będę ojcem. Ale cała wioska niespecjalnie była zadowolona, że dziewczynka chce urodzić, i dalejże polować na nią i mężczyznę. Wywiązały się małe utarczki, które przerodziły się w duże walki, bo wszyscy się tak zapamiętali, że przy okazji polowali na inne dzieci i w ogóle nie chcieli, żeby jakaś piętnastolatka urodziła. Więc para szybciutko wzięła na plecy dobytek i poszła szukać jakiegoś spokojnego miejsca na świecie.

No i przypuśćmy teraz, że doszliby aż do mojego przyjaciela, co ma w gminie hotel. Pięciogwiazdkowy, bo i basen tam jest, i w każdym pokoju telewizor. I zapukaliby do drzwi tego hotelu, i akurat on byłby na miejscu. Otwiera drzwi, widzi kobietę w ciąży i jej męża. No i oni pytają, czy może jest jakiś pokój. Ale akurat to jest przecież czas świąteczny, akurat Wigilia, i co on biedny ma zrobić? Wszystko jest od lata zabukowane. No ale widzi ich smutne twarze, ta dziewczyna za brzuch się chwyta, on wobec tego chce dzwonić na pogotowie, bo przecież szpital jest najlepszy dla rodzącej, ale oni proszą, żeby nie, bo nie mają ubezpieczenia, no i będą mieli kłopoty, bo właściwie dokumenty im ktoś ukradł, a idą już taki kawał drogi.

No to ten mój przyjaciel hipotetyczny mówi: Dobra, przecież się spełnia dobre uczynki dzisiaj, przecież was nie wyrzucę, idźcie do domku tam z boku, dla pracowników sezonowych, i tam się jakoś przytulcie. Włączcie sobie piecyk, bo zimno, jakieś jedzenie wam podeślę, tylko nie pokazujcie się na oczy gościom hotelowym, bo mi ich wystraszycie. Jesteście nieodpowiednio ubrani na taką okazję, jaką są święta Bożego Narodzenia. No i oni poszli do tego małego domku, a tu poród się zaczął i ta dziewczyna urodziła ślicznego i zdrowego chłopczyka. Nie było żadnych lekarzy, którzy by zbadali, czy mieści się w odpowiedniej skali Apgar. Chłopczyk miał czarne włoski i czarne oczka i uśmiechał się ufnie do świata. Zawinęli go w prześcieradło, opatulili i byli zadowoleni. Ale minęło parę dni i mój przyjaciel nie bardzo wiedział, co z nimi zrobić, tym bardziej że mieli przyjechać ludzie do remontu dwóch łazienek w apartamentach. Udał się więc do księdza i powiedział, że jest taka niezręczna sytuacja.

Ksiądz na to, że powiadomi o tym swoich parafian, wszak dobry chrześcijanin pomaga ludziom i na pewno coś da się zrobić. No i ogłosił, że jest rodzina, która potrzebuje pomocy.

Ludzie bardzo chętnie odpowiedzieli na apel księdza. Przynieśli ciuszki dla dziecka i dla matki, kurtki, pościel, jedzenie w puszkach, żeby mieli na dłużej, a jedna rodzina nawet powiedziała, że ma znajomości w urzędzie gminy, to pogada.

No i poszli do gminy, opowiedzieli, że jest taka nieprzyjemna sytuacja, i zasugerowali, że może by trzeba pomóc. Na to ten główny pan w gminie, że oczywiście, tylko że oni mają bardzo mało środków, nie ma w ogóle mieszkań zastępczych, no i on ich przecież nie urodzi. Że tutaj dwie rodziny, co im się mieszkanie spaliło od wybuchu butli gazowej doszczętnie, czekają na kwaterunek już od dwóch lat, a on nie jest cudotwórcą.

Na to przyjaciel tego właściciela hotelu, deweloper, oznajmił, że na jakiś czas może im pustostan udostępnić, bo właśnie wybudował dom mieszkalny i mu się na parterze mieszkanie nie sprzedało, i jeśli to czyści ludzie, to owszem, na pół roku im tego mieszkania po prostu użyczy. Użyczy. Bezpłatnie, bo jak pieniędzy nie mają, no to trudno od nich jakiejś zapłaty żądać.

Wobec tego właściciel hotelu poczuł się zobowiązany, żeby obiecać, że w takim razie on będzie im finansowo przez pół roku pomagał i da im tysiąc pięćset złotych, może to i dużo nie jest na trzy osoby, ale jakoś sobie muszą radzić.

No i ta rodzina z chłopaczkiem się przeprowadziła. Wiele nie mieli, ale jak dobrzy ludzie rękę wyciągnęli, to przecież wystarczy. Mężczyzna powiedział, że nie chce za darmo niczego dostawać, może być za złotą rączkę, chętnie coś naprawi, na stolarce się zna, jeśli właściciel hotelu ma dla niego jakąkolwiek robotę, to on bardzo chętnie, cokolwiek, naprawdę.

No i właściciel hotelu od razu sobie przypomniał, że w piwnicy miał wybudować saunę, jeśli facet umie, to bardzo proszę, narzędzia dostanie, drewno leży od zeszłego lata, może coś z tego będzie.

No ale jak się ta rodzina wprowadziła, to do gminy zaczęły napływać listy.

Że obcy ludzie ten lokal zasiedlili. Że oni już czekają dwa lata i nie mogą mieszkania dostać, a tu nagle obcy dostali. Że zasiłek dostają dużo mniejszy, że ojciec rentę bierze sześćset dwadzieścia pięć złotych, a tamci znikąd i bez dania racji tysiąc pięćset dostali. Że to spisek i skandal do opisania w piśmie codziennym. Że bez meldunku są. I podatku nie płacą jak porządny obywatel, który kocha ten kraj. A tu złodziei jakichś się wpuściło. I żeby z tym zrobić jakiś porządek. Bo własnych obywateli to można narażać na biedę i ubóstwo, a przybłędom dawać? Godzi się tak?

Do urzędu podatkowego zaczęły napływać anonimy. Że darowizna dana i co? Że kto tak dużo ma, żeby dawać? Żeby się urząd jednak zastanowił i zamiast porządnych obywateli ścigać za zaległy ZUS, pomyślał, jak od łachudry jakiejś, co za naszą krwawicę żyje – podatek ściągnąć. I czy on zarejestrowany jest, bo do hotelu chodzi i tam pracę ma. A ZUS odprowadza?

Do organów ścigania zaczęły napływać listy, że dokumentów nie mają i może to przestępcy są. Bo każdy może zgubić dowód, ale to trzeba udowodnić. Że może to mordercy i złodzieje samochodowi się ukrywają tutaj, pod nosem organów, a organy mają to gdzieś, tylko porządnego obywatela ścigają, jak się trochę napije i do domu bardzo ostrożnie i niedaleko samochodem podjedzie.

Do księdza ludzie zaczęli przychodzić – że on kazał pomagać, ale w kościele to ich jeszcze nie widzieli. Jakąś wiarę obcą reprezentują, która naszą prawowitą religię zaraz obali i kościół spali, bo może Antychryst w nich drzemie, a ksiądz ślepy.

Na bramie hotelu ktoś sprayem napisał: „Syjończycy precz do Syjamu".

Na kościele ktoś napisał: „Księża na Księżyc".

Na urzędzie gminy ktoś napisał: „Nasza gmina prawdziwą gminą!".

Na posterunku policji ktoś napisał: „Na bezprawie odpowiemy siłą!".

A w domu dewelopera ktoś zamazał na czarno szyby.

Urząd podatkowy wysłał parę pytań do właściciela hotelu w sprawie niepłacenia, bezprawnego zatrudnienia, odprowadzenia itd.

Urząd gminy cofnął deweloperowi pozwolenia na budowę w centrum miasta, za aspołeczną i antygminną postawę wobec rdzennych mieszkańców gminy.

Policja przyszła i aresztowała matkę z dzieckiem oraz jej męża do czasu wyjaśnienia sprawy.

Dziecko zostało przekazane do Izby Dziecka.

Spokój wrócił nareszcie do gminy pewnej.

Mały Jezusek dostał zupełnie nowe imię i został przekazany do rodziny zastępczej.

Ale w mieszkańcach gminy pozostał pewien niepokój.

Bo kto tak naprawdę te listy pisał?

Przecież ja nie.

Ja zaniosłam sweterki.

Ludziom trzeba pomagać, przecież pomagamy sobie wzajemnie.

A my w Wigilię postawimy nakrycie dla zbłąkanego wędrowca. Ugościmy go, jeśli przypadkiem przyjdzie. I nie będzie wyglądał inaczej niż my. Będzie miał na wszelki wypadek jasne oczy i jasne włoski. I będzie mówił w naszym języku. I będzie w drodze do Berlina. Najlepiej, jak pokaże bilet na samolot. No i pod warunkiem, że nie zabawi długo. Bo wiemy, że Wigilia jest specjalnym dniem.

Kiedy przeczytałam ten tekst znajomemu franciszkaninowi, powiedział:

– Wyślij mi na maila, mam gotowe kazanie o miłosierdziu.

I odetchnęłam z ulgą.

Dla tych, co wierzą i tych, którzy nie wierzą

Czego ja życzę innym?

Wiadomo, że zdrowia, szczęścia i pomyślności, i oby nam się dobrze działo. I tylko na takie banały mnie stać?

Pomyślałam więc, że napiszę do tych, którzy nie lubią grudnia. Nie lubią okresu przedświątecznego i świąt, najchętniej przespaliby te dni, w które nakazane jest odgórnie cieszyć się i być szczęśliwym.

Którzy czują się atakowani i zmuszani do czegoś, czego nie akceptują – i wszystko jedno, czy to jest kupowanie prezentów, czy spotkania z rodziną, czy odpoczynek, czy wyjście do kościoła, bo tak wypada.

Napiszę do tych, którzy są zagubieni, samotni, nieszczęśliwi, opuszczeni, chorzy, cierpiący, zmęczeni i przerażeni.

A może po prostu obojętni.

Którzy nie oczekują niczego dobrego, szczególnie w święta, kiedy każdy artykuł, każdy film, każdy program telewizyjny tłumaczy nam, jak mają takie święta wyglądać albo jak wyglądają u innych.

A u innych – różne rodzaje szczęśliwości, radości, bogactwa, wybaczania, spotkań, tęsknoty zaspokojonej, przyjaciół, którzy nagle po latach, i tak dalej.

Nie. Tak się nie dzieje. I stanęła mi przed oczami moja koleżanka – przyszła do mnie w listopadzie, tuż po Wszystkich Świętych, a przypominam, że było pięknie i ciepło, i jeszcze były liście na bielusieńkich brzozach, tak białych od słońca jak rzadko kiedy, bo w lecie nie widać tak wyraźnie wszystkich gałęzi, a tu resztki złota puszczone z białych kikutów, więc przyszła do mnie na początku listopada, westchnęła, że jest tak niesamowicie, i powiedziała:

– Nic nie jest takie, na jakie wygląda. Widziałam cudne dynie na targu. Były plastikowe, ze sztucznym światełkiem w środku.

Nie wiedziałam, co ma piernik do wiatraka, a ona wzruszyła ramionami.

– Nic. Byłam z rodzicami na cmentarzu. Spojrzenia ludzi pełnych współczucia i takie, wiesz, skinienia głową, że my tu razem w tej samej sprawie. A ja rodziców zawiozłam na ich własny grób, jeszcze przecież pusty, który sprawili sobie z piętnaście lat temu. Bo chcieli posprzątać. Myśmy byli w innej sprawie niż ci wszyscy, którzy szli zapalić znicz. I jeszcze mama krzyknęła do ojca, który zaczął zmiatać liście:

– Ze swojej strony sprzątaj!

Myślałam, że się uduszę ze śmiechu. Zawsze jest inaczej, niż myślimy, że jest.

Pomyślałam sobie wtedy, że moja koleżanka musi być bardzo szczęśliwa. Jej ojciec skończył dziewięćdziesiąt lat, mama osiemdziesiąt osiem. Rzadko kto w jej wieku ma żyjących rodziców. Iść na cmentarz nie do nich, ale z nimi – to wielka radość. Też bym się śmiała na tym cmentarzu.

– A najgorsze jeszcze przede mną – dodała. – Święta.

Wiedziałam, co ma na myśli. Siostra, z którą nie utrzymuje od lat kontaktu. Siostra z mężem i dziećmi, więc lepsza. Koleżanka nie ma męża i dzieci, tylko starych rodziców na głowie. Wyczekiwana i wytęskniona druga córka, dla której rodzice zrobią wszystko. Cieszą się na wspólne święta, które dla pierwszej córki będą udręką. Tak jest od lat.

Będzie musiała udawać, że też się cieszy, że jest tak doprawdy miło, bo przecież nie pokaże im swojej zmęczonej, samotnej, nieszczęśliwej twarzy. Będzie musiała udawać, że u niej wszystko OK. Że nie jest gorsza i że samotna jest z wyboru. A potem powie, że jest zaproszona do przyjaciół, i pójdzie na samotny spacer, bo moja samotna przyjaciółka ze świąt lubi najbardziej to, że Warszawa jest pusta i mniej hałaśliwa. Więc uda, że gdzieś się spieszy, że gdzieś jest pożądana, że ma własne życie, i po tym spacerze usiądzie w swoim mieszkaniu, włączy telewizor i odetchnie z ulgą.

Tam będzie mogła bezpiecznie czuć się nieszczęśliwa.

Przypomniałam sobie dzisiaj tę dziwną rozmowę, od sztucznej dyni rozpoczętą, i pomyślałam o tych wszystkich, dla których ten czas nie będzie taki, jak się nam wydaje.

Przypomniałam sobie kolegę, którego ojciec od sześciu lat ścina na cmentarzu różę, którą on posadził na grobie matki, bo ma do niego pretensje, i od tych sześciu lat z nim nie rozmawia.

Przypomniałam sobie sąsiadkę zza torów, którą rodzina zostawiała w domu na Wigilię, bo ktoś musiał zostać ze zwierzętami, a oni jechali pod Lublin.

Przypomniałam sobie córkę znajomych, która od lat wyjeżdża do ciepłych krajów, żeby „było miło", a nie „jak zwykle".

Pomyślałam o zmęczonych i udręczonych kobietach, które staną na głowie, żeby posprzątać i ugotować, skądś skombinować pieniądze, bo i prezenty, i jedzenie, o tych, którzy nie mają żadnych możliwości, o tych, którzy są zniecierpliwieni przymusem, żeby coś załatwić, coś zrobić, bardziej umilić, jeszcze bardziej się postarać, wymagać więcej od siebie i innych – bo przecież święta. O tych, którzy zapomnieli, że pod tymi wolnymi dniami i jedzeniem, prezentami i spotkaniami czai się coś o wiele ważniejszego.

I kiedy tak siedziałam przy komputerze i zastanawiałam się, jak napisać dalszy ciąg – przyszła przesyłka. Psy się rozszczekały, a ja przyjęłam z rąk listonosza małą paczuszkę. Niespodziewany prezent od przemiłej kobiety, którą spotkałam parę miesięcy temu. Rozpakowałam – kalendarz na przyszły rok i książka o aniołach.

Nie muszę mówić, że z prawdziwą przyjemnością przerwałam pisanie, każdy pretekst jest dobry, praca nie zając, nie ucieknie, zrobiłam sobie herbatę i zaczęłam czytać.

I oto jednak mam dla wszystkich życzenia. Takie same, jakie ma autor tej książki – Anselm Grün.

Marzy mi się, żeby każdy w grudniu dostał swojego Anioła.

Ci, którzy są samotni, ogarnięci poczuciem pustki, którzy mają dosyć zgiełku i za mało odwagi, żeby przyznać się do swoich słabości, ci, którzy nie potrafią zebrać się w sobie, żeby coś zmienić, nie mają siły lub myślą, że jej nie mają, którzy nie widzą sensu i nie mają w niczym oparcia – żeby poczuli obecność Anioła Pomocy.

Ci, którzy zostali opuszczeni i nie mogą zaufać, nie potrafią na nikim polegać, nie wierzą nikomu, nie są kochani – żeby mieli przy sobie Anioła Opieki.

Ci, którzy stracili najbliższych i zastygli w bólu, utracili grunt pod nogami, którzy nie mogą pogodzić się z rozstaniem, którzy opłakują kogoś, kogo już nigdy nie zobaczą, których marzenia o wspólnym życiu legły w gruzach – żeby poczuli Anioła Pocieszenia.

Do tych, którzy cierpią na depresję, zamknęli się przed światem, których ogarnęła ciemność, którzy czują się jak wyizolowani ślepcy, nie wiedzą, w jakim kierunku iść, co zrobić, do tych, którym ziemia usunęła się spod nóg – niech przyjdzie Anioł Światła.

Nad tymi, którym się w życiu nic nie udaje, tracą pracę, tracą związki, tracą przyjaciół, pomimo starań nie spotyka ich nic dobrego, nad tymi, w których przestała się tlić wiara, że coś jeszcze może się zmienić na lepsze – niech rozpostrze swoje skrzydła Anioł Zaufania.

Ci, których spotkała klęska i muszą pożegnać się ze swoimi wyobrażeniami, marzeniami, ideałami, którzy potrzebują siły, by przestać obwiniać siebie i świat, a zobaczyć inną drogę – niech dostaną nadzieję od Anioła Nadziei.

Do tych, co są obciążeni ponad siły, których brzemię za bardzo przytłacza, którzy stracili radość, a widzą tylko obowiązek, którzy zapomnieli o swobodzie i wszystko widzą jako niekończący się labirynt niemożliwości i skomplikowania – niech spłynie Anioł Lekkości.

Dla odrętwiałych w swoim smutku, samotności, zagubieniu, zależności, bezruchu, uzależnieniach, których dusza woli czuć ból niż cokolwiek innego, którzy są odcięci od swoich uczuć, marzeń, pragnień, bo zapomnieli nawet, co te słowa znaczą – niech pojawi się Anioł Zmartwychwstania.

Ci, których choroba powaliła, zmęczyła, którym odebrała nadzieję, których pozbawiła sił – niech spotkają Anioła Uzdrowienia.

Ci, którzy doświadczyli rozczarowania, którzy cierpią, bo zostali odrzuceni, mimo że kochali, od których odwrócili się małżonkowie, przyjaciele, którzy sami siebie zawiedli – niech dostaną Anioła Radości.

A na tych, którzy jeszcze nie wiedzą, że można kochać, że tylko dzięki miłości nasze życie nabiera sensu, że tylko dając z serca, dajemy naprawdę, że nie dlatego kochamy, że się od nas tego wymaga, ale że szczerze tego pragniemy – niech czeka Anioł Miłości.

Nie mam złudzeń – wiem, że nie wszyscy tak jak ja wierzą w anioły.

Ale wierzę w głęboką potrzebę człowieka, żeby być dobrym.

Czasami skutecznie ukrytą przed innymi.

Więc tym wszystkim, którzy nie wierzą w anioły, proponuję, żeby stali się takimi aniołami dla kogoś, kto ich potrzebuje.

Żyj albo gnij, czyli styczniowe stokrotki

Odbyłam niezmiernie ciekawą rozmowę telefoniczną. Zaczęła się niewinnie, jak większość rozmów prowadzonych po dwudziestej trzeciej przez telefon, to znaczy od tego, że w ogródku kwitną stokrotki. Moim. I w styczniu jest to niedopuszczalne, i robi człowiekowi wodę z mózgu. I że człowiek polski przez wieki jest nauczony, że w styczniu ma zimę (a w lecie dowolną porę roku), a tu natura wyprawia brewerie i wszystko staje na głowie. Nawet stokrotki pogłupiały.

Organizm się człowiekowi cały przewraca na lewą stronę i nie wiadomo, o co chodzi, coś by się zrobiło, gdzieś by się pojechało, ale ospałość jakaś z powodu tej pogody się wkrada i w ogóle.

Tak się skarżyłam dłuższą chwilę, chociaż te stokrotki mnie wzruszają i sobie chodzę je codziennie oglądać. Marudziłam, że miałam tyle planów, choć nie chciałam nic planować i chciałam tyle rzeczy zrobić, a one się same zrobić nie chcą, i gdzie tu sprawiedliwość?

Było to co prawda pytanie retoryczne, na które z zasady nie oczekuję odpowiedzi, ale okazało się pytaniem zasadnym i z odpowiedzią, bo zapomniałam, że rozmawiam z mężczyzną.

– Sprawiedliwość? Co ma do tego sprawiedliwość?

– No, że wiesz... – rozmawiałam jak z kobietą, bo kobieta to od razu rozumie, o co chodzi, a facetowi to weź i tłumacz, a i tak nic nie pojmie.

– Bo ty chcesz nic nie robić i żeby się samo zrobiło, prawda?

Zastanawiałam się chwilę, czy się nie obrazić. Potem pomyślałam, że mogę natychmiast rzucić jakąś celną ripostę i zmienić temat. A potem powiedziałam uczciwie:

– Z grubsza rzecz biorąc, o to właśnie mi chodzi.

– Ale co byś zrobiła?

– No, pojechałabym na kurs języka... – westchnęłam.

– Akurat – powiedział.

– Nie robiłabym rzeczy, które mi szkodzą.

– Na przykład?

– Nie jadłabym o drugiej w nocy ciasteczek, które akurat wtedy najlepiej mi smakują, popijane mlekiem z lodówki, nie brałabym do ust papierosa, który jest beznadziejny i mi szkodzi, nie włączałabym telewizora wtedy, kiedy mam coś do roboty... A potem bym pojechała na kurs języka – dodałam.

Bo jakbym już się wzięła za siebie, to i obcy język by mi nie zaszkodził.

– No to zrób to. Po prostu.

Zrób! To właśnie można usłyszeć od faceta po jedenastej w nocy. Zrób! Wszystko rób!

– A samo tak żeby mi odeszło? Nie da rady?

– E tam. Po prostu jeszcze nie podjęłaś decyzji. Jak podejmiesz decyzję, żeby sobie nie szkodzić, to wszystkie te rzeczy znikną. I papierosy, bo ciastka są fajne...

– Decyzję? – oburzyłam się.

– No. Bo wiesz, każdy ma w sobie małe dziecko. To dziecko kaprysi, chce różnych rzeczy, nie chce się męczyć, nie znosi wyrzeczeń, lubi nabroić – i to jest fajne. To jest właściwe. Dla dziecka. Przez chwilę. Ale to dorosły wie, kiedy takiego malucha spacyfikować, kiedy go położyć spać, kiedy go nakarmić, kiedy go napoić, kiedy go przewinąć, a potem kiedy mu zakazać wkładania paluchów do kontaktu, prawda?

– Paluchów już dawno w kontakcie nie miałam, ani ja, ani moje dziecko we mnie, karmię się sama, sama biorę prysznic – zaczęłam wyliczać i jeszcze nie doszłam do rachunków, które sama płacę, kiedy on się roześmiał.

– Dziecko w każdym jest fantastyczne! Jest twórcze! Zadziwione światem! Goni nas do nowych rzeczy, pozwala nam się bawić, cieszyć, rozrabiać! Nie musisz się tak odżegnywać!

– Jestem nie bardzo zadowolona z tego, że moje dziecko ma ochotę na papierosa! – krzyknęłam w słuchawkę.

– No to zabierz mu ten karabin! Powiedz dziecku, co to papierosa bierze do ust: Nabawiłaś się już bronią, to się staje nudne, taki karabin może wystrzelić, zobaczyłaś, jak to wygląda, teraz karabin schowamy, bo w ogóle nie znasz innych zabawek! Karabin jest be dla dziecka! I tupnij nogą! A jak dziewczynka będzie się złościć, bo dzieci się złoszczą, to ją ukochaj bardzo, powiedz, że jest wspaniała i jutro pobawicie się w co innego! Zajmij ją czymś innym!

– Piwa jej dam? – zapytałam, choć nie piję piwa.

– Dzieci nie piją alkoholu – powiedział mój przyjaciel, ale w jego głosie nie było nagany. – Musisz znaleźć coś fajniejszego. Ale jeśli chcesz sobie robić krzywdę, to rób, tylko świadomie.

– No wiesz? – oburzyłam się. Nigdy nie chciałam sobie robić krzywdy. Nawet świadomie. – Nie jestem idiotką – dodałam, choć takie deklaracje zaprzeczają jawnie temu, co się o sobie myśli.

– Jasne. Nikt z nas nie jest idiotą. A robimy idiotyczne rzeczy, bo nam się nie chce podjąć decyzji. Tacy już jesteśmy, my dorośli.

– No wiesz, to jest kwestia żyj albo umrzyj.

– Nie – sprostował lekko mój przyjaciel. – To jest zawsze kwestia żyj albo gnij. Skoro inni podniecają się Pudelkami czy innymi plotkami, to ja też? Skoro inni oglądają po raz pięćdziesiąty głupi program, to ja też? Skoro inni nie mają sobie nic do zaproponowania, to ja też? To nie chodzi o papierosa, tylko o gnicie! Rozumiesz? Ale wolno ci gnić, jeśli masz ochotę. Wtedy oczywiście żyjesz kiepsko. Ale jak się do tego przyzwyczaisz, to myślisz, że gnicie to życie. – Roześmiał się. – I nie widzisz życia. Myślisz, że wszystko obok ciebie gnije. I to jest prawda. Malinowski zachlał się na śmierć, ktoś kogoś zabił samochodem, ktoś umarł – i wokół ciebie same nieszczęścia. Nawet tych nieszczęść nie potrafisz przeżyć jak prawdziwego życia, tylko gnijesz. I nie widzisz wyjścia, bo ktoś za ciebie coś powinien postanowić.

Jakbym to już kiedyś słyszała. Albo napisała.

Spojrzałam na paczkę papierosów. Leżały cholery cały czas obok i nie chciały zniknąć. Jak gdyby nigdy nic. Jakby ta cała rozmowa ich nie dotyczyła. Nic sobie z tego nie robiły. Nie wymaszerowały zawstydzone. Nie odbiegły w ciemną noc, piszcząc z rozpaczy: Przepraszam, przepraszam... Nie zdematerializowały się, nie rozpadły w pył, nie schowały się pod stół ze strachu lub z poczucia elementarnej przyzwoitości.

– Żyj albo gnij? – powtórzyłam mimowolnie. – A mogę to wykorzystać?

– Jasne. A wracając do tych twoich stokrotek... Cała Polska jest w kwitnących różnych roślinach. W styczniu. To dopiero fajne. Taka stokrotka się nie zastanawia, czy jest styczeń, czy nie. Ona czuje ciepło i wio! Do roboty! Wykorzystać każdy moment, bo każda chwila jest piękna i dostatecznie dobra, żeby zakwitnąć. Ona się nie martwi, co będzie jutro! Ona korzysta z życia!

Umówiliśmy się na sobotę. Było przed dwunastą, kiedy wyszłam do ogrodu wypuścić psy. Wzięłam latarkę i obejrzałam jeszcze raz stokrotki. Przy latarce wydawały się jeszcze bielsze i jeszcze bardziej żywe. Korzystały z życia, i to jak umiejętnie! Czy ja jestem gorsza od styczniowych stokrotek? Przecież to fantastyczne, że one tak sobie kwitną jakby nigdy nic! W ogóle nie wydawały mi się głupie.

Jakby w ogóle nie zdawały sobie sprawy, że obowiązuje jakiś kalendarz. Jakby nie słuchały prognoz o zbliżających się mrozach, jakby miały własne sprawy!

Po prostu robią swoje i jakże właściwie korzystają z życia! Czy to nie fantastyczne?

PS Zapomniałam dodać, że mój przyjaciel nie jest normalnym mężczyzną. Jest terapeutą. Normalny mężczyzna nie rozmawia o styczniowych stokrotkach i dzieciach skrywanych w nas, dorosłych. Niech to go tłumaczy, bo ja idę swojemu dziecku (we mnie) powiedzieć: Dosyć!

Placebo i pstryczek--elektryczek

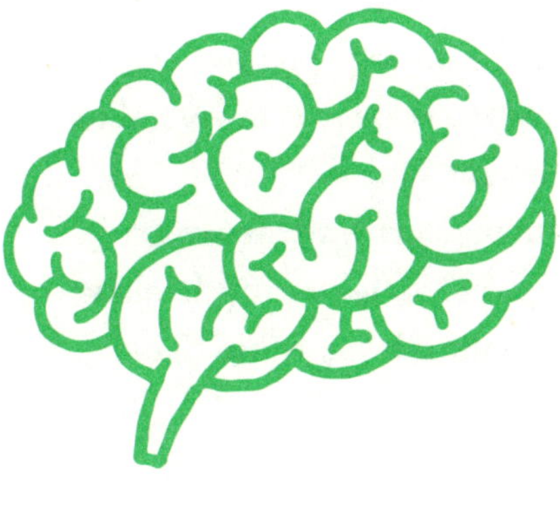

Mam zimno w domu.

Nie działa ogrzewanie.

Jest początek lutego.

Ręce opadają.

Wtedy kiedy opadają mi ręce, przywołuję ulubioną historię, przeczytaną gdzieś, ale prawdziwą.

Kilkanaście lat temu w pewnej firmie farmaceutycznej w Stanach Zjednoczonych trwały badania nad nowym lekiem antydepresyjnym. Nie będę opisywała tych badań, ale z grubsza rzecz biorąc, polegały na tym, że duża grupa ludzi te nowe środki, w tym wypadku drobne pastyleczki, miała zażywać, a inna grupa ludzi, mniejsza – zająć się dyskusją nad tym, czy to pomaga, czy nie.

W tej dużej grupie ludzi znalazł się młody człowiek, który miał bardzo sprytny plan skończenia ze sobą, albowiem czuł się nieszczęśliwy i zaniedbany, a ponadto właśnie stracił pracę i pożeranie nowych tabletek było jego jedynym zajęciem.

Za co zresztą dostawał jakieś wynagrodzenie. Ale to nie wpłynęło na zmianę jego planów – chciałoby się napisać: życiowych – ale w tym wypadku były to plany śmierciowe.

Korzystając z nieuwagi prowadzących badania, podprowadził ze swoich dawkowanych leków pięćdziesiąt tabletek i połknął wszystkie naraz.

Zgodnie z planem po paru godzinach zaczął umierać. Jak zaczął umierać, to się strasznie przestraszył. Jak się przestraszył, to ostatkiem sił zdążył zadzwonić po pogotowie. Jak przyjechało pogotowie, to już ratownicy nie mogli się do niego dostać, drzwi musieli wyważyć, a on, blady jak ściana, tracił przytomność, ciśnienie spadało na łeb na szyję, kontakt zerowy z otoczeniem.

Natychmiast został przewieziony do szpitala, gdzie cały sztab lekarzy próbował go przywrócić do życia. Niestety, mimo starań stan młodego człowieka nie ulegał poprawie, serce wariowało, co się ocknął, to znowu tracił przytomność, wszyscy byli bezradni.

Po dwóch godzinach w szpitalu zjawili się powiadomieni o nieszczęściu rodzice i dopiero wtedy personel dowiedział się, że biedak brał udział w testowaniu jeszcze niedopuszczonego do obrotu leku.

Natychmiast skontaktowano się z prowadzącymi badania. I ze zdziwieniem usłyszano, że i owszem, ów nieszczęśliwy młody człowiek był jednym z testujących nowy lek, ale w ślepej próbie kontrolnej dostawał placebo, jakiś cukier wymieszany z węglowodanami, a nie testowany specyfik, co bardzo często się praktykuje.

Mieszanka owa mogła mu zaszkodzić w takim stopniu jak kromka chleba z dżemem wiśniowym, a może nawet mniej, bo w mniejszym stopniu obciążała żołądek. Chłopak w chwili przytomności został o tym powiadomiony, już po odłączeniu kroplówek, otworzył oczy, wysłuchał rewelacji i natychmiast wrócił do żywych. Serce przestało wariować, ciśnienie się unormowało, a on z wdzięcznością przyjął wiadomość, że nie umrze, i zaczął się cieszyć ze swojej nieudanej próby samobójczej.

I pomyśleć, że o mały włos biedak by się przekręcił tylko i wyłącznie z pomocą swojej wyobraźni!

Nie muszę dodawać, że coś mu się w mózgu poprzestawiało, o śmierci już tak lekko nie myślał ani do niej nie tęsknił, rozum mu wrócił, zobaczył, że życie jest piękne, a przejściowe kłopoty i trudności są drobnostką, która tylko dodaje mu smaku.

Za każdym razem, kiedy ogarnia mnie czarna rozpacz, albo nawet nie czarna, ale szarawa – przypominam sobie tę przeczytaną gdzieś historię.

I za każdym razem, ilekroć zdążę ją sobie przypomnieć przed wpadnięciem w czarną dziurę, uświadamiam sobie, że to ja mam wpływ na swoje życie, a przynajmniej na to, co o nim sądzę.

Oczywiście nie zmienimy okoliczności, w jakich przyszło nam żyć. Być może nie zmienimy pracy, być może nie będziemy więcej zarabiać, być może nie wygramy w totolotka i być może nie spotkamy królewicza na białym koniu, i na pewno żadna żaba nie zamieni się w księcia, choćby człowiek z całowania się nie wycofywał przez miesiąc.

Ale skoro nasz niezwykły mózg potrafi zmienić nieszkodliwe rzeczy w coś, co nam zaszkodzi – co myślimy, że nam zaszkodzi!!! – to próbuję uparcie namawiać go do zamiany rzeczy smutnych w radosne, rzeczy trudnych – w łatwiejsze, rzeczy niemożliwych – w możliwe.

Próbuję to ćwiczyć każdego dnia – z różnym skutkiem, rzecz jasna, ale czasem to się udaje.

I tak sobie siedzę dzisiaj w zimnym domu i zastanawiam się, skoro jestem taka mądra – jak ten słodki fakt, że elektrownia uprzejmie wyłączyła mi prąd, mój mózg przerobi na coś fajniejszego i cieplejszego.

Najpierw próbowałam się dodzwonić i zapytać, co się stało, ale dodzwonienie się do informacji energetycznej byłoby cudem, bo to oczywiście jest niemożliwe, o czym wiem z poprzednich doświadczeń.

Potem zadzwoniłam do sąsiadów, czy u nich też nie ma prądu, czy to tylko spisek przeciwko mnie.

Nie, okazuje się, że spiskiem jest objęta cała ulica.

Oddycham z ulgą.

Potem się denerwuję, że nie zostawiłam samochodu na zewnątrz, na wszelki wypadek.

Wychodzę na drogę – wyjechać nie mogę, bo do otwarcia bramy potrzebna jest elektryczność, której nie ma.

Idę pieszo w kierunku sklepu – kilometr ode mnie najbliższy – i natykam się na sąsiada.

– U pana też nie ma prądu? – zagajam towarzysko.

– Nie będzie do szesnastej – odpowiada miły sąsiad.

– Skąd pan wie? – pytam ostrożnie, bo to przecież by znaczyło, że jednak ktoś się do elektrowni dodzwonił albo ma prekognicję, jedno i drugie jest optymistyczne.

– Uprzedzali – mówi sąsiad.

Więc spytałam go bardzo uprzejmie, w jaki sposób uprzedzali, bo ogłoszeń na słupie nie widzę, a również nikt mnie nie odwiedził w tej sprawie.

Spojrzał na mnie jak na wariatkę i powiedział, że wszedł na stronę internetową i tam było zawiadomienie.

W życiu bym na to nie wpadła.

– U mnie jak nie ma prądu, to Internet nie działa – powiedziałam z pretensją.

– A w telefonie? – Spojrzał na mnie z niekłamanym zainteresowaniem.

Owszem, mam, ale telefon jest do dzwonienia, a nie do sprawdzania, czy akurat elektrownia ma dzisiaj wolne.

Równie dobrze mogłabym zaczynać dzień od wchodzenia na dowolne strony jakichś instytucji, na przykład wodociągów, żeby się dowiedzieć, czy mam wodę w kranie. A wolę odkręcić kurek.

Dowiedziałam się, że nie mam prądu, nie z Internetu, tylko kiedy próbowałam zrobić sobie herbatę i coś mi czajnik elektryczny nie działał. Chciałam się zdenerwować na czajnik, że stary, ale w porę zapaliłam światło, które się nie zapaliło. Już, już chciałam się wkurzyć na żarówkę, ale w porę oprzytomniałam.

Dopiero wtedy poczułam, że jest zimno.

Pożegnałam się uprzejmie z sąsiadem i wróciłam z zakupami do zimnego domu. Pełna dobrych myśli.

Po pierwsze, gdybym zostawiła samochód przed domem, nie spotkałabym sąsiada, który ostatecznie miał dla mnie dobrą wiadomość o braku prądu do szesnastej. A nie na przykład do szesnastego.

Po drugie, załatwiłam sobie w zimnym domu dwie ważne radości. Pierwsza – nie muszę kupować nowego czajnika, bo mój działa, w przeciwieństwie do elektrowni, a druga, że nie muszę zmieniać żarówek, bo one działają – też w przeciwieństwie do elektrowni.

Może to i nie ma nic wspólnego z tabletkami placebo, ale upartymi ćwiczeniami własnego mózgu próbuję sobie wypracowywać lepszy stosunek do świata.

Do czego gorąco z zimnego mieszkania namawiam.

Bieganie z niespodzianką

OK. Nie wszystkim Internet szkodzi.

Nie nauczyłam się wchodzić na strony dowolne i sprawdzać, czy jakieś instytucje mają dla mnie niespodzianki w postaci braku wody lub prądu, nie sprawdzam w komputerze, jaka jest temperatura na zewnątrz i czy pada – w dalszym ciągu wolę jednak spojrzeć przez okno, żeby zobaczyć, czy świeci słońce. Ale też uczciwie muszę przyznać, że mogą być jakieś profity wynikające z umiejętnego posługiwania się Internetem.

I że może się to opłacić. I nagroda może się zdarzyć zupełnie niespodziewanie.

Otóż znam uroczą rehabilitantkę.

Rehabilitantka ma mnóstwo znajomych.

Jeden jej znajomy bierze udział w maratonach.

Przez cztery miesiące przygotowywał się do ultramaratonu – który nie wiem, na czym polega, ale z grubsza biorąc, jest trudniejszy i w górach się biega. Ten jej kolega jadł różne specjalne rzeczy, żeby mu szło w mięśnie, a nie w tłuszczyk, codziennie robił dwadzieścia kilometrów albo i więcej, kupił bardzo specjalne buty i każdą wolną chwilę naprawdę przeznaczał na trening. Był cierpliwy, wytrzymały, konsekwentny – budził podziw znajomych oraz mój.

I kiedy już zbliżał się dzień ultramaratonu, zajrzał do Internetu, żeby sprawdzić dokładnie, czy o czymś nie zapomniał i czy może ktoś mu o czymś nie przypomni.

Była co prawda dwudziesta druga, a on nawet spać chodził o ludzkiej porze, bo jak człowiek przygotowuje się do ultramaratonu, to nie zarywa nocy. Dobrze zrobił chłopak, że zajrzał do sieci, bo się okazało, że daty sobie pomylił. Owszem, ultramaraton jest, ale zaczyna się o szóstej rano dnia następnego, w jakichś Bieszczadach czy okolicach Bieszczad, gdy tymczasem on siedzi w swoim mieszkaniu na Ursynowie w Warszawie.

I owszem, jak wsiądzie w swój stary, rozklekotany samochód, co go dostał od ojca sześć lat temu, to pewno na rano dojedzie, ale przecież nie pobiegnie po nieprzespanej nocy spędzonej za kółkiem.

Najpierw ogarnęło go niebotyczne wkurzenie na siebie, na zmarnowane cztery miesiące i zgubione na próżno sześć kilo, na wyrzeczenia różnorakie, nowe buty i tak dalej, i tak dalej.

A potem postanowił sprawdzić, czy gdzieś ktoś jeszcze nie biega bez celu w podobnym terminie. I oto znalazł w zupełnie innym mieście zupełnie inny maratonik niedzielny.

Niewielki, nie tak prestiżowy, ale jednak. Nie namyślał się długo, kilka miesięcy wyrzeczeń postanowił wykorzystać, przespał parę godzin, rano wsiadł w samochód i na ten niedzielny mały maratonik w sam raz przyjechał.

I pobiegł. Pobiegł razem z innymi biegaczami, którzy się wcale do ultramaratonu przez ostatnie cztery miesiące nie przygotowywali; biegł jak anioł, bez wysiłku mijając po kolei wszystkich innych biegnących.

Był pierwszy!

A nagrodą dla zwycięzcy był samochód ufundowany przez dzielny samorząd innego zupełnie miasteczka.

Ku swojemu bezbrzeżnemu zdumieniu nie tylko stanął na najwyższym podium, ale został właścicielem nowiutkiego samochodzika!

W ultramaratonie, który go ominął szerokim łukiem, nagród żadnych nie było.

Tak oto los wynagrodził owego znajomego mojej rehabilitantki. Nie wiem co prawda, czy jest to historia o Internecie. O Internecie jako środku pomocniczym. Jest raczej o tym, że nie należy rezygnować. Nawet jeśli nasz mózg nam płata figle, o czymś zapominamy, chcemy czegoś już i natychmiast i myślimy, że właśnie coś straciliśmy – możemy zyskać coś zupełnie innego. Czasem opłaca się ćwiczyć i czekać. Drobne niedogodności mogą się zamienić w szansę, o której nawet nie marzyliśmy.

Tak lubię myśleć od czasu, kiedy usłyszałam od niej historię owego maratończyka. Jak mi zamykają drogę, puszczają objazdem, stoję cztery godziny w korku przed Częstochową, w ostatniej chwili ktoś zmienia plany, w które jestem zamieszana, myślę sobie: na pewno coś dobrego z tego wyniknie. Ciekawe, kogo spotkam? Co się fajnego wydarzy? Jakąż to los ma znowu dla mnie przyjemną niespodziankę?

I czasami ma coś fajnego w zanadrzu.

Twój
na zawsze

„Zrób dla niej coś miłego, kiedy się tego nie spodziewa, a wtedy będziesz miał szczęśliwe życie" – usłyszałam taki tekst w filmie *Twój na zawsze*.

To nie był film, jakiego się spodziewałam na walentynki.

Tytuł wyraźnie zapowiadał zdrowe, normalne romansidło.

Tłumaczę dla tych, co nie wiedzą, że romansidło to znaczy, że chłopak spotyka dziewczynę, zakochuje się, ona go kocha nad życie przez jakieś sześć, siedem minut, a potem następuje coś strasznego, co tę cudowną miłość przerywa. Przez dalsze półtorej godziny on próbuje ją odzyskać. Nie ma lekko, przeszkody się mnożą, trudności narastają i kiedy już, już tracimy nadzieję, że oni kiedykolwiek się połączą, oto nagle i niespodziewanie spotykają się gdzieś przypadkiem, padają sobie w ramiona, a cała kawiarnia, jeśli to dzieje się w kawiarni, klaszcze, a jeśli jest to lotnisko, to klaszczą wszyscy podróżni, a jeśli jest to szpital, to klaszczą wszyscy pacjenci i lekarze, a jeśli jest to teatr, to klaszcze cała widownia, a jeśli są na morzu, to klaszczą wszystkie ryby, i tak dalej.

Owszem, oglądam czasem głupie filmy.

Każdy z nich, kategorii nawet osiemnastej, jest i tak lepszy od dziennika.

Wieczór cały szykowałam się na ten film o miłości. Nie żeby w przerwie między czymś a czymś rzucić okiem, nie. Tylko jak człowiek – usiąść, skupić się, wzruszyć. Jak w kinie.

– Obejrzysz ze mną film? – zapytałam swojego mężczyznę.

– A muszę? – zapytał i wiedziałam, że nie ma co go namawiać.

Oczywiście, że wolałabym, żeby chciał. Żeby siedział ze mną na tapczanie, może nawet mnie objął, miał łzy w oczach... Ale jak ma siedzieć i cierpieć, to i ja będę cierpiała, że on się męczy, i przegapię jakieś wzruszenie.

– A skąd – powiedziałam wobec tego uprzejmie i zaczęłam się przygotowywać do wieczornego seansu.

Przygotowanie do wieczoru przed telewizorem obejmowało wiele niepotrzebnych czynności, takich jak posprzątanie łazienki, na które wcześniej nie miałam czasu, wsadzenie do pralki brudnych rzeczy (nie mam się w co ubrać), usmażenie dwóch kawałków mintaja, odmrożonych dwa dni wcześniej (zapomniałam), wymycie kuchenki po usmażeniu tej rybki (zasłużyłam na przyjemność, skoro mam posprzątaną kuchnię), nakarmienie psów o właściwej porze, żeby je wypuścić na spacer odpowiednio wcześnie, a nie żeby potem w trakcie filmu mi przeszkadzały, wyłączenie telefonu, bo o ile przez cały dzień pies z kulawą nogą o mnie nie pamięta, o tyle jak tylko siadam przed telewizorem, urywają się telefony: A co robisz, co słychać, dlaczego się nie odzywasz?

Kiedy posprzątałam, usmażyłam, wyprałam, wypuściłam, wyłączyłam i siadłam przed telewizorem, to okazało się, że film trwa i w ogóle nie jest o takiej miłości, o jakiej myślałam przez ostatnie dwie godziny, tylko o śmierci. Postanowiłam natychmiast wyrzucić go z pamięci, ale to jedno zdanie przylgnęło do mnie jak...

– Co robisz?

– Próbuję pisać – odpowiedziałam zgodnie z prawdą na rzucone znienacka pytanie mężczyzny, który zostawił mnie sam na sam z filmem, bo on zajmuje się rzeczami daleko poważniejszymi niż filmy o miłości, które w dodatku okazują się filmami o śmierci, a teraz pojawił się jak duch.

– Przeszkadzam?

– Skąd – skłamałam zbita z tropu i zgubiłam wątek. – Co może przylgnąć?

– Do czego?

– Do mnie! Tak, że nie możesz tego odczepić!

– Rzep albo ja – podpowiedział mi, co mnie rozbawiło.

Więc to zdanie: „Zrób dla niej coś miłego… a będziesz miał szczęśliwe życie" – przyczepiło się do mnie jak rzep do psiego ogona.

Niby nic nadzwyczajnego.

Prawda oczywista.

Ale kurczę, pomyślałam, ja to sprawdzę.

Czy to prawda? W jaki sposób okazujemy miłość? Czy zauważamy drobne ważne rzeczy, czy czekamy na brylantowe pierścienie?

Wprowadzenie walentynek na polski rynek owocuje u mnie takimi oto dylematami, i to ze sporym opóźnieniem.

Zaraz następnego dnia zaczęłam wypytywać wszystkich znajomych i nieznajomych o to, w jaki sposób robią miłe rzeczy i co to są te miłe rzeczy, które ktoś robi dla nich.

Ku mojemu zdziwieniu kwiaty i biżuteria nie były na pierwszym miejscu.

– Wiesz, jak dostaję niespodziewanie kwiaty, to mi się przypomina przyjaciółka, której mąż zaczął przynosić bukiety dopiero wtedy, kiedy wdał się w romans – powiedziała moja koleżanka. – Taka niespodzianka znaczy, że on ma coś na sumieniu. A co dopiero biżuuuu!!!

Przypomniałam sobie poniewczasie, że jak ona dostała trzydzieści lat temu cudowną garsonkę, kupioną przez męża w jakimś komisie, to dostała nie tylko garsonkę, ale i szału.

Nie od razu, rzecz jasna – najpierw przymierzyła, garsonka leżała jak ulał, a była potwornie droga, więc koleżanka była w siódmym niebie. Potem wsadziła ręce do kieszeni i trafiła na kluczyki od samochodu. Matko moja, co się działo! „Za kogo ty mnie masz, rzeczy po kimś mi przynosisz, jak śmiesz, po co ja za ciebie wyszłam, nienawidzę cię" – wrzeszczała na niego, tak że biedak nie mógł się przebić z wyjaśnieniami. A świadków tego radosnego zajścia było paru, bo przyjęcie niespodziankę też jej przygotował. Na oczach gości zmieszała go z błotem, uciekła do łazienki, wyszła w szlafroku, luksusową garsoneczkę rzuciła mu w twarz i zamknęła się na górze.

Przez drzwi jej powiedział, ku uciesze gości, żeby wyjrzała przez okno, bo garsonka była dodatkiem do samochodu, jaki właśnie jej zafundował.

No cóż, zdarza się, jak mawiał pewien pisarz.

W zeszłym roku obchodzili trzydziestą piątą rocznicę ślubu. Kto by pomyślał!

Zadzwoniłam do swoich trzech innych przyjaciółek i ich córek i oto, co usłyszałam:

– Umył mi samochód.

– Wyczyścił buty.

– Pamiętał, że lubię *Małego Księcia*, i kiedy marudziłam, że ktoś mi nie oddał książki, kupił nowy egzemplarz.

– Wychodził po mnie na przystanek z parasolem, kiedy padał deszcz, i czekał. A nie było wtedy telefonów komórkowych.

– Zamówił panią do mycia okien.

– Powiedział, żebym się nie martwiła, że pomarańcza też ma cellulitis, a jest piękna.

– Sprawdza, jaka będzie pogoda, jeśli gdzieś wyjeżdżam.

– Przysłał mi SMS, jak jechałam do Poznania, że na satelicie widzi, że nie ma korków.

– Zawsze, kiedy wracam z podróży służbowej, na stole stoją żółte tulipany, bo ja lubię żółte.

– Na wiosnę robi mi lifting roweru, smaruje łańcuch itd.

– Dzwoni, że mam wziąć antybiotyk, jeśli jestem chora.

– Myje kibel, bo twierdzi, że tego nie powinna robić kobieta.

A potem zadzwoniłam do ich mężów i zapytałam, co fajnego dostają od swoich kobiet.

– Nie marudzi, kiedy wyjeżdżam trzy razy w roku na rejsy, bo ma do mnie zaufanie i wie, że uwielbiam żeglować – powiedział pierwszy.

– Ona zawsze odparza pomidory i zdejmuje z nich skórkę, bo ja nienawidzę skórki pomidorów – powiedział drugi.

– Rozumie, że jak chcę być sam, to nie znaczy, że ją przestałem kochać – powiedział trzeci. – Nie suszy mi niepotrzebnie głowy.

– Uśmiecha się, kiedy wracam do domu.

Ludzie, po prostu o mało nie spadłam z fotela, na którym wygodnie siedziałam.

Czyżby to było takie proste?

Nie marudzić? Mieć zaufanie? Myśleć o kimś życzliwie i ułatwiać mu życie? A może nieprzypadkowo mówili to faceci od kobiet, którym przypominali o antybiotyku?

Ten parasol, te tulipany, ta wiadomość o pogodzie, te pomidory i nieprzeszkadzanie w realizowaniu pasji?

To wystarczy, żeby czuć się kochanym?

Zrób dla niej coś miłego, a będziesz miał szczęśliwe życie – to po prostu prawda.

Te żony dostają od swoich mężów różne drobne rzeczy.

A to łańcuch do roweru jest naoliwiony...

I te żony są szczęśliwe.

Jak są szczęśliwe, to obierają te cholerne pomidory ze skórki i się nie czepiają byle czego.

Jak się nie czepiają byle czego, to mężczyźni są szczęśliwi.

One się uśmiechają na ich widok, a oni czują się ważni i kochani.

Tak po prostu działa świat.

Zróbcie sobie coś fajnego, niespodziewanego. To nie musi się wiązać z uszczuplaniem waszego portfela.

Coś, co sprawi przyjemność tej osobie, z którą dzielicie życie.

Nie oczekując niczego w zamian.

I zobaczcie, co się będzie działo.

Starałam się dowiedzieć od mężczyzny, co ja takiego fajnego zrobiłam ostatnio. Nie było łatwo.

– Czy wszystko musi być nazwane?

– Jedną rzecz wymień – prosiłam usilnie.

– Nie kazałaś mi oglądać tego filmu – powiedział.

Więc nawet można nie silić się na jakąś specjalną niespodziankę.

Czasem wystarczy kogoś do czegoś nie zmuszać.

Idzie lato

Zauważyłam, że zapowiedź wiosny daje o sobie znać mniej więcej od pierwszego stycznia, czyli tuż-tuż po ogłoszeniu, że właśnie zaczęła się astronomiczna zima.

U różnych ludzi oczywiście objawia się ona różnie.

Moja przyjaciółka z każdym pierwszym stycznia zaczyna przygotowania do lata, polegające na obiecywaniu sobie, że tym razem na urlopie będzie wyglądać bajecznie.

– Jest zima – powiedziałam – do lata jeszcze kupa czasu.

– Całe moje jestestwo – powiedziała przyjaciółka – czuje słońce, jak tylko przymierzam kostium, w który na pewno wejdę tym razem.

Mój kolega natomiast, który zwiedza Europę, bo ma dobre chęci i samochód, i znajomość języków, i wszystko to złożone do kupy pozwala mu jeździć tanio i przyjemnie, od stycznia rezerwuje jakieś tanie hoteliki, jakieś bilety wstępu do muzeum na maj, jakieś loty za dwieście złotych do Paryża, bo – cytuję:

– To najlepszy czas, bo ani się obejrzysz i będzie lato.

– Chyba wiosna, bo mamy dopiero początek zimy – sprostowałam.

– Jak kupuję bilet za sto dziewięćdziesiąt pięć złotych, to wierz mi, mój organizm czuje się lepiej.

U synka moich sąsiadów, który właśnie poszedł do trzeciej klasy, zapowiedź wiosny objawiła się nagle i niespodziewanie wczoraj wieczorem, kiedy oświadczył (a właśnie zaczął padać śnieg):

– Jeszcze tylko ferie wiosenne i koniec szkoły.

Ze zdziwienia o mało nie padłam, bo owszem, już mój dziadziuś powtarzał, że w młodości lata są długie, a dni krótkie, w przeciwieństwie do starości, kiedy to lata lecą niepostrzeżenie, a dzień się dłuży niemożebnie, ale miałam koło siebie przedstawiciela bardzo młodego gatunku, który nie chciał iść spać, tylko grać na czymś, czego nazwy nie jestem w stanie spamiętać, jest małe i to nie jest ani playstation, ani komputer, i wiedział, że lato tuż-tuż.

– Jest dopiero luty – powiedziałam niepewnie, bo może to ja się mylę?

– No właśnie – potwierdził. – Ferie na wiosnę i wakacje!!! Po prostu mam taki pałer, ciociu, że przeszedłem na następny poziom!

Wróciłam do domu późno, przekopując się przez zaspy.

Wypuściłam psy, oszalałe z radości, że nareszcie znowu śniegu napadało, wzięłam łopatę – bo nikt za mnie nie odśnieży – i wierzcie mi, żadnej wiosny nie widziałam. Ani odrobinę.

– Dzień dobry! – powitała mnie rano moja własna ciotka, która jest po osiemdziesiątce. Żwawo maszerowała z kijami przez wieś. – Tylko patrzeć, jak będzie wiosna! – Uśmiechnęła się radośnie. – Czas na nowe wyzwania! Czuję, że żyję! Zrób coś dla siebie!

Po południu usiadłam wygodnie i zaczęłam się zastanawiać, jak mogę się przygotować do wiosny. Jedyne, co mi przyszło na myśl, kiedy patrzyłam na bielusieńki ogród i zamarznięty stawik, to mój kręgosłup, który wymaga rehabilitacji.

Przecież na wiosnę każdy powinien być sprawny, zdrowy, szczupły, szczęśliwy i tak dalej, jak zresztą o każdej porze roku.

Po paru telefonach okazało się, że przyjaciółka mojego znajomego, która ma siostrę rehabilitantkę, może mi pomóc, i to się cudownie składa, bo właśnie przyjeżdża do niej.

– Za chwilę lato, ona jest genialna w terapii manualnej, ty masz wskazania do masażu kręgosłupa, musisz mieć tylko olejek!

Mieć tylko olejek – nie jest rzeczą nie do wykonania. Przekopałam łazienkę, gdzie mam zachomikowane różne przyjemne rzeczy, które oszczędzam na specjalną okazję, i znalazłam piękną buteleczkę czegoś, co dostałam na imieniny. Małe literki na luksusowym opakowaniu w ogóle mnie nie zniechęciły. Narysowany był kokos, a olejek kokosowy jest najlepszy na świecie. Smarowało się przyjemnie, pachniało jeszcze lepiej. Po trzech masażach byłam jak nowo narodzona.

Mój kręgosłup zrozumiał, że idzie lato, i przestał boleć. Skóra na plecach się wygładziła od cudownie wchłaniającego się olejku. Zrozumiałam, że lato niemalże nadeszło.

Na ostatni masaż przyszła koleżanka rehabilitantki. Wzięła do ręki olejek i przestudiowała napis na buteleczce, bez okularów – co prawie uznałam za obrazę. To, że napis był w języku francuskim, nie zrobiło na mnie wrażenia. Mógł to być dowolny język, bo i tak nie widziałam żadnej literki.

– Jest świetny – zapewniłam ją nieostrożnie.

Spojrzała na mnie i zapytała:

– A czy ma pani jakiś olejek do masażu? Może oliwkę dziecięcą?

– Skończył się? – Byłam naprawdę rozczarowana, bo kokos był świetny.

– Nie... – zawahała się. – Oczywiście, że nie... tylko... nie wiem, jak to pani powiedzieć... To jest odżywka do włosów...

Z tego wniosek wysnuwa się sam – kiedy idzie lato, nieważne jest, czego używasz, żeby sobie pomóc. Nie musisz mieć niczego specjalnego, po prostu jak czujesz wiosnę w lutym, twój organizm poczuje się od razu lepszy, sprawniejszy, piękniejszy i zadbany. Nawet jeśli uparcie wsmarowujesz odżywkę do włosów w plecy.

Poranek

Wczoraj nie mogłam napisać ani słowa, z powodów niewiadomych. Trochę miałam dosyć wszystkiego.

Po pierwsze, miał przyjść stolarz, ale nie przyszedł.

Miał przyjechać kolega, ale nie dojechał, bo korki.

Sąsiadka miała przyjść na pieczenie chleba, ale zadzwoniła, że jej mąż złamał rękę. Co ma piernik do wiatraka?

Ale może ma...

Potem zadzwoniła przyjaciółka, że jutro pracuje, więc imieniny przekłada, ale się spodziewa...

A ja nie mam dla niej prezentu...

Przedwczoraj było podobnie, co człowiek usiadł do komputera, to się okazywało, że jest bardzo wiele dużo pilniejszych spraw niż pisanie i bezwzględnie wymagają one natychmiastowej uwagi. A pisanie to praca, a praca, wiadomo, jeszcze nigdy nikomu nie uciekła.

Wstałam dzisiaj, bo jakżeby inaczej. Słońce świeciło jaskrawo i ptactwo lekko dawało znać, że jest i owszem, gniazd nawiło, dzieci narobiło, ale i tak ogłaszać będzie światu tęsknotę za czymś jeszcze.

Wstałam, umyłam się, zegarek, który odziedziczyłam po swojej mamie, stoi od wielu lat, zatrzymał się niegdyś o dwunastej dwadzieścia, wskazywał w dalszym ciągu dwunastą dwadzieścia, ale promienie słońca kładły się na podłodze, więc przyspieszyłam działania poranne. Musiało być później, niż myślałam, a praca czekała.

Nastawiłam wodę na herbatę, a pies nie był uprzejmy nawet podnieść głowy, tylko czubek ogona lekko… z parę razy o podłogę… niedbale. Zrobiłam herbatę i rozejrzałam się za telefonem, żeby sprawdzić, która godzina. Tak, to brzmi idiotycznie, jakby się chwilę zastanowić, ale już się nikt nad tym nie zastanawia. Telefonu w pobliżu nie było, otworzyłam okna, zrobiłam śniadanie.

Rześkie powietrze pachniało, sikorki dzwoniły.

A gdyby tak na powietrzu herbatkę wypić?

Usiadłam w kurtce na tarasiku i rozkoszowałam się dniem pięknym, choć chłodnawym.

A potem wzrok mój padł na trzy doniczki z ziołami, od poniedziałku stojącymi w rogu i w nadziei na posadzenie.

Westchnęłam i udałam się po łopatę. Przekopałam raz-dwa pół metra kwadratowego i wsadziłam zielonym do góry bazylię, tymianek i miętę. Podlałam. Rzuciłam okiem na grządkę i zauważyłam, że między piwoniami coś urosło. Wypieliłam to, co urosło między piwoniami, bo było chwastowate.

A piwonie rwą się do życia, bo pogrubiały na końcu – będą łaskawie kwitły w tym roku. Pod warunkiem wszakże zadbania o nie. Zadbałam. A potem siłą rozpędu sprzątnęłam bałagan w rogu tarasu po zimie, odniosłam do komórki grabie, które od miesiąca stały przy drzwiach, podlałam bratki i wróciłam do domu z poczuciem dobrze spełnionego obowiązku.

Wstać, od razu wziąć się do czegoś – oto moja nowa maksyma życiowa. Nie czekać na odpowiednią chwilę – każda jest odpowiednia.

Dzień piękny – człowiekowi od razu lepiej na świecie.

Wiosna przyszła? Przyszła, nie ma co narzekać, narzekałam w zimie, bo była zima. Miałam powody. A teraz nie mam żadnych.

Wyszorowałam moczące się od wczoraj dwie patelnie, wsadziłam do szafki, przetarłam okno, bo promienie wydobyły smutne ślady po muchach, okno błysnęło w słońcu jak diamencik, spojrzałam z satysfakcją na czystą kuchnię, zmieniłam obrus na stole i pomyślałam, że dobrze mi się dzień zaczął. Piękny dzień, piękny poranek, piękny świat. Jest po prostu nieźle. Owszem, człowiek naharował się od rana, ale ile zrobił! W zgodzie ze sobą, światem, florą i fauną zawodzącą gdzieś po gałęziach!

Zrobiłam sobie drugą herbatę, pogłaskałam psa i otworzyłam komputer.

Była piąta czterdzieści trzy.

Piąta. PIĄTA! Czterdzieści trzy. Piąta.

Nie szósta chociażby lub siódma. Nie. O nie. To by za dobrze było. Piąta.

Poczułam się oszukana.

Poczułam się zrobiona w balona.

Poczułam się zmanipulowana przez rzeczywistość.

To człowiek od rana zasuwa, tyle zrobił, bo myślał, że czasu nie ma, a tu się okazuje, że mógł jeszcze spać spokojnie???

O, doprawdy, była to głęboka niesprawiedliwość.

Nie lubię, jak spotykają mnie niespodzianki. Powinno być tak, jak ja chcę! Jak ja sobie zaplanowałam! Mogłam się przynajmniej wyspać!

A potem sobie przypomniałam historię złotego Buddy. W latach pięćdziesiątych grupa mnichów w Tajlandii zmuszona była przenieść statuę Buddy w inne miejsce. Przenoszący posąg dźwig nie mógł podołać zadaniu, a na dodatek zaczął padać deszcz. Przenosiny przerwano, posąg Buddy okryto brezentem. W nocy mnich zaświecił latarką – błysnęło złoto. Oblepiony przed wiekami gipsem? gliną? przez mnichów, spodziewających się ataku najeźdźców i chcących ochronić dzieło – szczerozłoty posąg Buddy, ważący pięć i pół tony, ukazał się w całej okazałości. Dzisiaj, oczyszczony z resztek gipsu, stoi w maleńkiej świątyni w stolicy Tajlandii i można go podziwiać.

Nie dostałam od losu złotego posągu wycenianego na miliony dolarów, jak mnisi buddyjscy. Dostałam od losu inną niespodziankę. Świat dzisiaj podarował mi parę godzin. Z niewiadomego powodu, ot, tak sobie.

Bez przymusu.

Mój dzisiejszy dzień będzie dłuższy, będzie inny, bo już jest inny. Tyle udało mi się zrobić przed szóstą!

Tylko dlatego, że nie wiedziałam, która godzina. Że moje przyzwyczajenia nie wiedziały, która godzina. Że ten nieszczęsny telefon, który jest też zegarkiem, leżał z dala ode mnie. Niewiedza może być czasami twórcza.

Jest szósta, a ja mam przed sobą cały długi, piękny dzień.

Moje psy są nakarmione.

Okno w kuchni umyte.

Rośliny posadzone.

Grabie sprzątnięte.

Kwiaty podlane.

Śniadanie zrobione.

Mogę siąść do pracy o poranku.

I robię to z radością.

Odłupałam kawałek gliny i pokazało mi się złoto.

Ty pójdziesz górą...

Ta sobota mogła wyglądać tak:

Budzą mnie psy.

Jestem wściekła, bo akurat dzisiaj sobota, mogłam pospać, ale gdzie tam. Psy pod drzwiami popiskują i udają, że jest środek dnia, choć nie ma jeszcze siódmej. Nienawidzę psów! Kot toby sobie leżał gdzieś i głowy mi nie zawracał, a one nie. Pazurem w drzwi, jakby nie wiedziały, że pomalowane w zeszłym roku. Zwlekam się i idę je wypuścić do ogrodu.

Mowy nie ma o spaniu, bo towarzystwo trzeba nakarmić, nie opłaca się kłaść ponownie. Nie ma kiedy odpocząć.

Na dodatek leje.

Leje, a chciałam dzisiaj posadzić aksamitki, ale człowiekowi zawsze wiatr w oczy i pod górę.

Wczoraj wysypałam na trawę jakieś świństwo, białe granulki czegoś, co ma sprawić, że trawa będzie cudowna, ale co mi po trawie, jak nici z pracy w ogrodzie.

Psy radośnie wybiegają i radośnie wbiegają z powrotem, i oczywiście czystą podłogę diabli wzięli. Jakby człowiek nie miał nic do roboty, to jeszcze go czeka sprzątanie, bo mokro. Bo cała ubabrana.

Sprzątam.

Na targ pojechać, zakupy zrobić. W taką pluchę!

Nie mogło się rozpadać po południu? Nie, bo to sobota, to na złość nawet pogoda zrobi.

Dzwonię do sąsiadki, czy przypadkiem nie jedzie po zakupy, bo może by mi kupiła ten głupi chleb i dwie nogi kurczaka, ale okazuje się, że nie, że wprost przeciwnie, czy ja jadę, bo gdybym jechała, to może bym kupiła jej włoszczyznę. I ze dwa kilo ziemniaków.

Jakbym mało miała swoich rzeczy do noszenia!

No nie mogę, wszyscy tylko patrzą, jak człowieka wykorzystać.

Wrzucam na siebie byle co, wyprowadzam samochód, leje i będzie lać do wieczora. A wieczorem miałam wyjść do znajomych na rozpoczęcie sezonu, w sensie, że może jakiś grill, bo przez cały tydzień było ciepło. A teraz nici z grilla, a siedzieć w domu – też mi frajda.

Jak pech, to pech, gdy parkuję przed targiem, słyszę nieprzyjemne zgrzytnięcie.

Wychodzę z samochodu, jasna cholera, zatarłam. U mnie prawie nie widać, ale u tego niebieskiego rzęcha, który tak zaparkował, że zastawił prawie dwa miejsca – rysa na pół boku.

Wiem, co będzie, będzie tak, jak napisała jedna babka w Internecie, co też przetarła jakiemuś draniowi bok. Zostawiła kartkę, że pokryje koszty naprawy, oczywiście, bo to ona, z samochodu obok, żeby się skontaktował, weszła do sklepu, jak wyszła, to tamtego samochodu nie było, za to jej samochód nie miał przedniej szyby, był porysowany złośliwie cały, wszędzie, jakimś gwoździem czy inną cholerą, a na kartce, tej samej co ją zostawiła, był napis: „P...... się".

Zostawię kartkę, to będę miała to samo, bo ludzie już tacy są.

Ale oczywiście zostawiam, na wszelki wypadek. Może mnie ktoś podkablować.

Wiedziałam od samego rana, że ten dzień dobrze się nie skończy. A on się dopiero zaczął.

Chrzanić to wszystko! Te ziemniary jeszcze dla sąsiadki kupić i weź to, człowieku, noś, a tobie i tak nikt nie pomoże.

Dzwonią znajomi, że taka pogoda, to może przełożymy spotkanie.

Jak można w ostatniej chwili odwoływać?

W ogóle mi na nich nie zależy.

Telewizję sobie pooglądam, choć i tak na coś dobrego nie ma co liczyć. Samo badziewie.

Wracam do domu, od razu obskakują mnie psy. Mogłyby nie skakać, jak widzą, że człowiek pełne siaty niesie, ale nie, będą udawać, że nie widzą zakupów. Całe czarne spodnie mam w jasnych kudłach. To się w pale nie mieści, że te zwierzęta złośliwie mnie kudłaczą akurat wtedy, jak mam czarne spodnie.

Ogarniam trochę dom, leje, ale do czego ma mi się spieszyć, jak i tak nigdzie nie wychodzę. Jestem sama jak palec i nikomu na mnie nie zależy. Wszystko przez ten deszcz. Wyłączam telefon, bo i tak nie chce mi się z nikim gadać. A ledwo włączyłam telewizor – bach, piorun, prąd diabli wzięli! Dwudziesty pierwszy wiek, a ci z elektrowni robią, co chcą! Nawet telewizji nie pooglądam! Do diabła z taką sobotą, z taką wiosną, z takim życiem, z takim światem!

...a ja doliną...

A wyglądała tak:

Psy obudziły mnie przed siódmą. Chciałam się zezłościć, ale od razu pomyślałam, że to dobrze, będę miała dłuższy dzień! Zabawne są, bo udają, że ich nie ma. Skrobną trochę pazurkiem i czekają, czy usłyszę. Dyszą, potem znowu skrobnięcie, a kiedy wychodzę z pokoju, udają, że to nie one. Tylko ogony im się kręcą. Pada deszcz. Cudnie. Co prawda chciałam posadzić aksamitki, ale wczoraj rozrzuciłam nawóz na trawę, dobrze, że leje, bo nie będzie widać tych białych kulek, szybciej wejdzie w ziemię, a aksamitki nie odfruną. No i nie muszę ich podlewać.

Jak ja się cieszę, że mogę te psiaki wypuścić do ogrodu, a nie ubierać się i wychodzić na spacer! Wbiegają po chwili, ślady w całym domu, ale to tylko woda, a nie błoto, jak w styczniu. Dobrze, że leje, nie będzie tylu ludzi na targu i może blisko zaparkuję. W zeszłą sobotę musiałam stanąć dwie ulice dalej, taki był tłum.

Dzwonię do sąsiadki, czy może jedzie na zakupy, to mi się upiecze, ale nie. Zamawia włoszczyznę i ziemniaki. Najfajniejsze u nas na wsi jest to, że sobie wzajemnie pomagamy. I mam szczęście do sąsiadów. No i proszę! Jest miejsce tuż przy wejściu!

Spiesz się powoli, mówiła moja babcia i miała rację.

Tak skręciłam, że zatarłam niebieski samochód obok. Starutki. No i trzeba napisać, że to ja. Jakie szczęście, że mnie stać na ubezpieczenie. Jak mojej koleżance ukradli koła, to musiała pożyczkę brać. Wiadomo, kłopot, ale może sobie odświeży cały bok. Zakupy robię w try miga, bo ludzi mało. Pogoda ich zniechęciła. A mnie zachęciła. Jak to powietrze pachnie! Całe pięć miesięcy tęskniłam do tego majowego zapachu! Bzy lada moment się rozbujają, uwielbiam taki przełom kwietniowo--majowy!

Kiedy wsiadam do samochodu, dzwonią znajomi i odwołują dzisiejsze spotkanie, mieliśmy uczcić powrót wiosny, ale uczcimy sobie, jak będzie słońce. Cieszę się na spotkanie z nimi. W czekaniu też jest radość, a ja mam wolny dzień, nie muszę się nigdzie spieszyć.

Psy witają mnie, jakbym wróciła z dalekiej podróży.

To mnie zawsze wzrusza – one się cieszą za każdym razem, kiedy wracam, nawet z łazienki, tak jakbym wróciła po miesięcznej nieobecności. Powinniśmy się od nich uczyć.

Tyle tylko, że mogłam włożyć jasne spodnie, na czarnych zostawiają kłaki.

To zabawne, bo jak miałam czarnego psa, to chodziłam w jasnych rzeczach. Człowiek jest przekorny.

Sąsiadka mi dziękuje za zakupy, jakbym jej jakiś specjalny prezent zrobiła.

Świat jest cudny.

Zrobię sobie dzień leniucha przed telewizorem, sobota, będzie coś fajnego. Ledwie usadawiam się przed ekranem – prąd diabli biorą.

Zapalam świece, w pokoju robi się przytulnie i jakoś odświętnie.

Cisza, tylko deszcz dudni o daszek nad tarasem. I ten zapach! Psy pakują się na kanapę, leżą przytulone do siebie, mam miły dom. Dzwoni komórka. Obcy numer. Jakiś pan się przedstawia i pyta, czy to ja go zarysowałam. Przepraszam go bardzo raz jeszcze, on pyta, czy na maila mogę wysłać numer swojego ubezpieczenia, i dziękuje, że zostawiłam swój numer telefonu. Że to takie miłe, że jeszcze są na świecie uczciwi ludzie. Podaje adres mailowy, zapisuję, podaję na wszelki wypadek swój.

I dobrze, że nie ma prądu, bobym marnowała czas przed telewizorem.

A jak zapalę jeszcze ze dwie świeczki, to mogę sobie poczytać...

Fajną mi los zesłał niespodziankę – taki niezwykły dzień, taką kwietniową sobotę, w takim pięknym świecie...

Chwilowe kłopoty

Nareszcie udało nam się spotkać! Ach, jak się ucieszyłam!

Mam trzy pary dobrych znajomych jeszcze ze szkoły średniej (i nie napiszę, ile to już lat się znamy), z którymi się lubimy, choć się spotykamy niezwykle rzadko. Ale jak wiosna zaczyna buzować, próbujemy się co roku umawiać na kolejną rocznicę matury, potem okazuje się, że trzydziestu osób nie można jednak skompletować w jednym miejscu i czasie, zostaje nas siódemka, i spotkanie, które miało być Dostojne i Rocznicowe ze Wszystkimi, zamienia się w przyjazną kolacyjkę w malutkim gronie. Jest co prawda kwiecień, ale w maju długi weekend, wszyscy się gdzieś rozjeżdżają albo będą jakieś zaległości odrabiać, albo dzieci im podrzucą dzieci, więc ustaliliśmy, że spotkamy się wcześniej.

U mnie. Stanęłam na wysokości zadania, wrzuciłam udka kurze do miodu i czosnku, zapiekłam dwa kilo ziemniaków z rozmarynem i cieszyłam się, że pogadamy, zobaczymy, co słychać, może się coś zmieniło na lepsze od zeszłego roku?

Bo zeszłoroczne spotkanie nie należało do najweselszych. Krzysiek stracił pracę, ale jego żona prosiła, żeby to nie stało się publicznym tematem, bo on ciężko przeżywa, więc udawaliśmy, że nic nie wiemy, a jak człowiek za dużo udaje...

Jackowi zaś padła firma, został z kredytem, i to we frankach, ale zbył to tylko machnięciem ręki: To chwilowe kłopoty, nie będziemy o tym gadać.

Jakieś słuchy nas dochodziły, co się z jednym i drugim dzieje, ale nareszcie była okazja, żeby porozmawiać osobiście.

Wieczór był miły, po wszystkich: „A pamiętacie, jak na fizyce spadło, był alarm przeciwpożarowy, uklęknęliśmy", „A pamiętacie, jak na chemii wybuchło, spaliło, rozerwało", przeszliśmy na tematy zasadnicze, jak nam się wiedzie i czy jesteśmy szczęśliwi.

Krzysiek powiedział:

– Pół roku nie miałem pracy, żona mówiła, że byłem nie do wytrzymania, ale szwagier mnie zatrudnił, wiecie, ja pracowałem w dużym biurze projektowym, więc to takie hańbiące, bo jakieś blaciki projektuję i obmierzam, ale na rachunki mam, bo szwagier przynajmniej płaci... Robota (tu użył wyrażenia niecenzuralnego, którego w ogóle wcześniej nie używał)... ale do emerytury dociągnę.

– To cudownie – stwierdziliśmy, bo nie jest łatwo znaleźć pracę: albo człowiek jest za młody i nie ma doświadczenia, albo jest za stary i doświadczenie się niespecjalnie liczy.

– A ty, Jacek?

– Założyłem firmę. – Jacek ma zawsze uradowaną gębę. Cokolwiek by się stało.

– Przecież ci padła! – Spojrzeliśmy po sobie w zdumieniu.

– Poprzednia tak... – zawahał się. – A teraz robię za kierowcę...

– Słucham? – Krzysiek spojrzał na Jacka z ubolewaniem. – Ty? Po tym swoim AGH? Jest się z czego cieszyć! Chwilowe kłopoty, prawda?

– Miałem chwilowe kłopoty, a teraz mocno stoję na nogach.

– Chyba żartujesz! Ty taką obsuwę traktujesz jak sukces? Kierowca! – warknął Krzysiek i spojrzeliśmy na siebie zdumieni. – Na starość?

Nie wtrącałam się.

Jak mężczyźni dyskutują na tak poważne tematy, lepiej siedzieć cicho. Chociaż ta starość nieprzyjemnie mi zabrzęczała, bo to przecież koledzy z klasy.

– Trzeba przeczekać, jakoś się zadekować, potem się może poprawi, a ty znowu ryzykujesz. Masz niepoważne podejście do życia, Jacuś.

– Można to tak interpretować. – Jacek się uśmiechnął. – Wszędzie widzę jakieś szanse.

– To jest dziecinada, a nie dorosłe życie. – Krzysiek był zirytowany. – Kryzys jest. Wszystko się wali. To są te szanse. Porażka. A jeśli jedna twoja firma zbankrutowała, to znaczy, że po prostu nie nadajesz się do prowadzenia biznesu! I trzeba to wziąć na klatę!

– Widzisz, w tym sęk. Ty widzisz zawsze porażkę, a ja przejściowe trudności.

– Ja jestem realistą! I nie mów mi, że na koniec wszystko będzie dobrze!

– A jeśli nie jest, to znaczy, że to nie koniec! – roześmiał się Jacek. – Trzy miesiące zastanawiałem się, co poszło nie tak. I doszedłem do wniosku, że poszło nie tak nie z mojej winy. Nie miałem na to wpływu, rozumiesz? Mogłem dalej siedzieć i martwić się albo zakasać rękawy. Nie nadaję się? Kochany – klepnął Krzyśka po plecach, aż ten przysiadł – ja się znakomicie nadaję! Do wszystkiego!

Po raz kolejny nas zatkało.

W głosie Jacka było tyle entuzjazmu, że aż powiało w naszą stronę dobrą energią.

– To właśnie są te wasze mrzonki. Dorośnijcie – powiedział Krzysiek i nagle okazało się, że już musi lecieć i że miło było, i oby nie było gorzej, i do zobaczenia prawdopodobnie za rok.

Jacek pokiwał głową.

– Krzysiek jest żywym przykładem na to, że jeśli człowiek myśli, że mu się nie uda i jeśli człowiek myśli, że się uda – to zawsze ma rację.

Prawie o tym zapomniałam.

Aneta przechyliła się w stronę Jacka.

– Czy ty się we mnie kochałeś, czy w Joaśce z trzeciej d?

– W tobie, dziecinko – odpowiedział – ale wyszłaś za innego.

– Błąd, wielki błąd – powiedziała Aneta. – Ile ja bym dała, żeby mój mąż miał takie podejście. Naprawdę jesteś kierowcą?

– Nie chciałem Krzyśkowi robić przykrości. Sprowadzam drewno z Czech, tanie, dobre, mam zbyt. Uwielbiam tę robotę. Spłaciłem kredyt, kupę fajnych ludzi poznałem i jeżdżę sam od czasu do czasu. Frajdę mam, rękę na pulsie, życie przede mną! Żona mnie namawia, żebyśmy przenieśli się do Kotliny Kłodzkiej, bo tam pięknie...

Spojrzeliśmy po sobie – skąd ten facet ma tyle siły?

Po trzeciej klasie karnie usunięty ze szkoły, bo sprawiał kłopoty. Musiał szukać innej. Studiował dziewięć lat. Głównie był na urlopach dziekańskich. Na których zresztą zasuwał, zbierając truskawki, sprzątając statki w Szwecji, budując jachty w Niemczech. A teraz? Sprowadza drewno z Czech?

I przypomnieliśmy sobie, że jak wreszcie skończył studia, to założył fermę zwierzątek futerkowych, które mu jakaś choroba wybiła.

Nawet się wtedy ucieszył, bo dotarło do jego świadomości, że gdyby nie choroba, toby je musiał osobiście zabijać i sprzedawać, a to byłoby straszne. Potem miał szklarnię i eksportował kwiaty na Zachód, ale interes się skończył, jak otworzyliśmy granice.

Potem miał spółkę z jednym Francuzem, ale po trzech latach prosperity okazało się, że z rynku wygryźli ich Włosi.

Potem dobrze mu szło, a potem nadszedł kryzys, bo go zabiły kredyty wzięte we frankach.

– Jacek, skąd ty czerpiesz energię? – zapytała Aneta. – Trochę bym od ciebie pożyczyła tego entuzjazmu.

Jacek roześmiał się.

– Ty wiesz, że Disney stracił pracę w gazecie za brak pomysłowości? Nauczyciele Edisona zgodnie twierdzili, że jest zbyt głupi, żeby się czegokolwiek nauczyć. Pasteur był siódmy od końca na studiach. Beethoven nie radził sobie z nauką gry na skrzypcach i grał swoje własne kompozycje, i jego nauczyciel twierdził, że jest beztalenciem. Einstein nie mówił do czwartego roku życia i nie umiał czytać jeszcze w wieku siedmiu lat. Ford pięć razy bankrutował, zanim odniósł sukces. Oczywiście i ja miewam przejściowe kłopoty, ale to na pewno nie są porażki! A dla Krzyśka... Szkoda faceta...

I pomyślałam sobie, że rzeczywiście szkoda. Szkoda wszystkich, którzy wierzą, że jest źle i będzie jeszcze gorzej. To są tylko chwilowe kłopoty... Powtarzam to sobie od jakiegoś czasu...

Co wyrabiają w nocy słowiki

Maj jest wyjątkowym miesiącem, choć niesie ze sobą pewne uciążliwości. Na przykład człowiek nie może spokojnie zasnąć o trzeciej w nocy, bo słowiki się drą. A skąd wiem? A bo korzystając z tego, że zieloność się wylewa ze wszystkich stron, wszystko się budzi do życia, bzy kwitną jak opętane – postanowiłam się uporządkować. Do słowików dojdę.

Więc uporządkować to w moim przypadku znaczy dobrze zaplanować. I wykonać. Nic na ostatnią chwilę, a w szczególności nie zaniedbywać pracy. Ani domu. Pozałatwiać, co jest do załatwienia.

Obowiązki przede wszystkim, potem przyjemności.

W sobotę spodziewam się gości.

Więc do tego czasu – całe dwa dni! – tekst napisać, posprzątać w domu, trawę przelecieć kosiareczką, zakupy zrobić, kupione dwa dni temu azalie wsadzić do gleby zielonym do góry.

Przyjaciele przyjadą specjalnie na cały dzień, we czwórkę sobie siądziemy w ogrodzie, zapiekaneczkę zrobię, ziemniaki, cebulę, boczek, pomidory do prodiża wrzucę, do tego sos podam, który sama wymyśliłam – curry i wiśnie – i odpocznę.

Ogarnęłam trochę domek, włączyłam pralkę, zrobiło się przemiłe południe. Nastawiłam wodę i siadłam do komputera.

Kosiarka!

Wstałam i nalałam benzyny do kosiarki.

Nie wszystko naraz.

Pranie się skończyło, więc je rozwiesiłam malowniczo w dużym pokoju, bo w nocy zawilgnie. I włączyłam następne, żeby iść za ciosem.

Wróciłam do komputera.

I wtedy przypomniałam sobie o azaliach, które przecież miały do gleby iść. Praca ma to do siebie, że nie ucieknie.

Wyszłam, wyciągnęłam ziemię z komórki, wyciągnęłam rośliny z doniczek, wyciągnęłam łopatę spod bzów, i wtedy okazało się, że mój mały piesek wyciągnął ostatnią parę gumowych rękawiczek i zabawnie je poszatkował na drobniutkie kawałeczki.

Pozbierałam te kawałeczki i poszłam sadzić gołymi rękami.

Moje psy bardzo się ucieszyły, a zanim wróciłam z konewką, żeby podlać posadzone, mój mały pies zdążył wykopać rozkoszne trzy dziury tuż obok świeżo wsadzonej azalii, i musiałam się zabrać do zasypywania.

Psy były wniebowzięte, że tak długo się z nimi bawię w ogrodzie.

Schowałam do komórki resztę ziemi i łopatę, i wtedy okazało się, że mój mały piesek ukrył gdzieś jedną azalię.

Nakrzyczałam, zagoniłam psy do domu, odzyskałam azalię zaciągniętą w dołek przy furtce, posadziłam, podlałam i wróciłam do domu.

Moje ręce przedstawiały tak żałosny widok, że musiałam coś z nimi zrobić. Ktoś, kto coś sadził, wie, o czym mówię.

Zmarnowałam dwie cytryny na próbach ich doczyszczenia i użyłam najbardziej czerwonego lakieru do zamaskowania tego, co stało się z moimi ładnymi dwie godziny temu paznokciami.

Nastawiłam wodę, żeby zrobić gorącą herbatę, i wtedy zadzwoniła moja koleżanka Beatka – dowiedziała się, że znajomi do mnie przyjeżdżają, więc ona z mężem też by przyjechała. I co ja na to.

Ależ świetnie, nie ma problemu, gdzie czwórka się naje, tam szóstka się wyżywi.

Siadłam ponownie do komputera, bo tekst o czymś wesołym czekał. Już, już miałam na końcu pióra, choć tak naprawdę na końcu palców, kapitalny pomysł, kiedy przypomniałam sobie o drugim wstawionym praniu.

Wyjęłam je z pralki, mały piesek ukradł jedną skarpetkę i bardzo zadowolony schował się za osłoną kaloryfera, odzyskałam skarpetkę, nakrzyczałam na niego i wróciłam do pracy.

Bardzo byłam z siebie zadowolona. Zaraz popracuję, rano pojadę po zakupy, pranie powieszę na dworze, ma być ładnie, wtedy sprzątnę w domu, przygotuję zapiekankę i będę się cieszyć wizytą znajomych, a nie denerwować jak zwykle, że z niczym się nie wyrabiam.

Najważniejsze, że żadne niespodziewane rzeczy nie mogły się wydarzyć.

I wtedy przypomniałam sobie, że Beata nie je mięsa. Skoro nie je mięsa, nie mogę zrobić zapiekanki z boczkiem. Mogę, ale dla niej muszę przygotować coś innego. Bakłażana na przykład z pomidorami. Nie ma problemu. I kalafiora. A może szpinak? Jak pomyślałam o jedzeniu, to zrobiłam się głodna. O tej porze? Spojrzałam na zegarek, była szesnasta. Miałam prawo być głodna.

Żeby coś zjeść, to trzeba coś ugotować. Mam sporo czasu i dobrze zaplanowane dwa dni, więc mogę gotować. Zajrzałam do lodówki – marnie. Trzy jajka i puszki na czarną godzinę. Ziemniaki i dwa jajka sadzone są bezcenne. W mig obrałam, nastawiłam, wyjęłam jajka i siadłam do komputera. I tak nic nie napiszę w pół godziny, za to mogę pograć w takie spadające trójkąciki. Pograłam, weszłam do kuchni, ziemniaki się ugotowały, jajka zniknęły. Spojrzałam na psy.

Duży miał smutek w oczach, a mały resztki skorupek na mordzie.

Był zachwycony.

Wyjęłam ostatnie jajko, usmażyłam i zjadłam bardzo dobry mały obiadek.

O wpół do szóstej siadłam do komputera i wtedy ponownie zadzwoniła Beata.

– Słuchaj, my coś przywieziemy, nie martw się, i o której mamy być?

– Koło dwunastej?

– Tak się cieszę, to do jutra!

– Jakiego jutra??? Do soboty! – sprostowałam trzeźwo i natychmiast.

– Jutro jest sobota – roześmiała się Beata.

A ja poczułam, jak się kurczę wewnętrznie i zewnętrznie. Spojrzałam na kalendarz. Był piątek, a nie czwartek, mój plan rozsypał się jak domek z kart. Pognałam do sklepu, zrobiłam zakupy. Posoliłam kurczaka, wtarłam czosnek, wrzuciłam mrożony szpinak do gara, umyłam naczynia, wyjęłam odkurzacz i przeleciałam duży pokój. Starłam kurze, uprzątnęłam porozwalane gazety, wyrzuciłam więdnące kwiaty. Wpadłam do kuchni, rzuciłam kurczaka na patelnię, dorzuciłam ser do szpinaku, była dwudziesta druga sześć. Przełożyłam kurczaka do naczynia żaroodpornego, przeniosłam komputer do kuchni i zaczęłam się zastanawiać, czy komuś oprócz mnie pomyliłby się czwartek z piątkiem? I kto mi ukradł jeden dzień? I kiedy?

Owszem, pracuję w domu, to mnie trochę usprawiedliwia. Owszem, kiedyś kolega przyszedł do szkoły bez teczki, bo zapomniał. Ale...

I wtedy przypomniałam sobie historię znajomego, człowieka o gołębim sercu, aczkolwiek roztargnionego.

Wracał do domu z Łodzi.

Jakieś biedne dziewczę zamachało. Zatrzymał się. Dziewczyna wsiadła do samochodu, on zapytał, czy jedzie daleko, uśmiechnęła się. Zapytał, czy muzyka jej przeszkadza, czy ściszyć może, przełączyć na inną stację? Nie, nie przeszkadza jej muzyka. Lubi muzykę. A jaką lubi? A każdą. A najbardziej taką melancholijną. To może płytę puści, bo ma? Jasne, nasz klient, nasz pan. Ta fajna? Bardzo. Bo on do Warszawy jedzie, a ona daleko? Może tu? Może być i tutaj. Ona zgodna jest. On lubi poważną. Ona też. To może Czajkowskiego? W schowku są płyty. Może być Czajkowski, bo ładny ten Czajkowski. Długo się teraz czeka na okazję? Ludzie nie chcą brać, prawda? Jedni chcą, drudzy nie chcą. A ona tak bez bagażu? A po co jej bagaż? Wszystko, czego potrzebuje, ma przy sobie. O, to szczęście, niewiele osób tak ma. No właśnie. To może tu? Ale co tu? No, przecież ją wziął do samochodu... A ona to cennik ma, ale tak daleko ją wywozi, to musi więcej policzyć...

No i musiał biedak tę panienkę, co w ogóle nie była autostopowiczką, odwieźć te czterdzieści kilometrów, bo przecież jej na szosę nie wyrzuci tak daleko od miejsca pracy...

Są na tym świecie ludzie roztargnieni.

Ja i on.

Kurczaka mam gotowego, porządek mniej więcej, tekst napisany. Już nie będę więcej planować. Jest trzecia w nocy, jutro mam gości i nie mogę zasnąć, bo słowiki drą się jak opętane.

Obietnica nagości

A teraz niespodzianka.

Nie jestem poetką. Nie piszę wierszy, więc muszę się wytłumaczyć z tego, co nastąpi.

Pewnego dnia po powrocie z Międzyzdrojów, a prowadziłam dzielnie samochód tam i z powrotem, mój kręgosłup odmówił posłuszeństwa. A właściwie kazał mi natychmiast zamówić sobie pomoc.

Moja ulubiona rehabilitantka przyjechała o umówionej godzinie. Godzina była umówiona ze mną, ale jak się okazało, jeszcze rano pamiętałam, że to będzie szesnasta, a już w południe byłam przekonana, że siedemnasta. Moja córka mówi, że powinnam mieć kalendarz i zapisywać, ale nie ma racji. Bo nawet jeśli zapiszę, to potem nie pamiętam, że zapisałam. Jeśli pamiętam, że zapisałam, to nie pamiętam, gdzie zapisałam. A jeśli pamiętam gdzie, na przykład w kalendarzu, to nie mogę znaleźć kalendarza.

Nie wiem, dlaczego tak się dzieje.

W związku z tym, że godziny mi się pomyliły, kiedy przyjechała rehabilitantka, otwierałam drugą butelkę wina, goszcząc rodzinę.

– O matko święta – jęknęłam na jej widok, chociaż to ona powinna jęknąć na widok tych wszystkich ludzi.

– Czy wszyscy państwo na rehabilitację? – zapytała.

– Jeśli się trzeba rozebrać, to ja mogę, ale tylko koszulę – powiedział mąż Magdy.

– Ja się nie rozbieram – powiedziała Magda. – Kaśka się musi roznagościć, chociaż nas gości, oj, chyba jestem pijana.

– Zaraz będę gotowa, przepraszam, pomyliłam godzinę, ja nie piłam – zastrzegłam od razu.

– Niech pani siada – powiedział mąż Magdy – zanim ona się rozbierze...

Postanowiłam szybko wykorzystać sytuację, biorąc pod uwagę złoty charakter rehabilitantki.

– Będę za chwilę gotowa, ale czy mogłaby pani spojrzeć na ramię tego faceta? – Wskazałam palcem. – Bo go bardzo boli.

– Ja się nie dam dotknąć obcej osobie, z całym szacunkiem – powiedział facet z bolącym ramieniem. – Ale mogę pani zaproponować wino, sok, kawę...

– Chętnie wodę – odrzekła, a ja pognałam w głąb domu przebrać się i tak dalej.

Kiedy wróciłam, wszyscy byli mocno rozemocjonowani, a między mężczyznami trwała dyskusja, która brzmiała mniej więcej tak:

– Kobieta powinna przychodzić do łóżka naga, a nie zawinięta w jakieś szmaty. Do masażu się tak nie zawija – powiedział mój facet z bolącym ramieniem.

– W jakie szmaty? – zapytał mąż Magdy.

– No w chustce albo w koszuli, czy co tam one kombinują. Ona ma być goła cała.

– A po co?

– Bo nie ściąga z siebie wszystkiego, przychodzi w jakiejś płachcie, jesteś już zmęczony odwijaniem jej z tego, a gdzie tu myśleć jeszcze o seksie, z kobietą trzeba walczyć i to jest głupie.

– Niech sobie przychodzi jak chce. Jeśli jej zimno, to niech przychodzi w ubraniu. – Mąż Magdy był wyrozumiały. Zastygłam w bezruchu. Po chwili dodał: – Zawsze możesz ją rozebrać. A gdy przychodzi goła, to nie masz ruchu.

– Co ty opowiadasz. Kobieta powinna przychodzić naga do swojego mężczyzny. Niezależnie od tego, ile ma lat, jak wygląda i tak dalej. Ma się nie wstydzić. Bo w przeciwieństwie do mężczyzny jest piękna.

– Ciekawe, co takiego ładnego jest w nagiej starszej kobiecie? – teraz dopiero wtrąciła się Magda.

– Piękne jest to, że się nie wstydzi. I że ciebie chce. I jak jest goła, to to podkreśla. Bliskość jest wtedy, kiedy jest się bez ubrania.

– Czy to znaczy, że w ubraniu nie można być blisko? – zapytała rehabilitantka.

– Można, ale inaczej. Przestańcie mnie dręczyć.

– A ja dalej uważam, że powinieneś mieć wybór, a kiedy przychodzi naga, to tego wyboru nie masz – powiedział mąż Magdy.

– Ciekawe rzeczy opowiadasz – powiedziała Magda – ja bym chciała wiedzieć, dlaczego ty nie masz wyboru?

Uznałam, że czas wkroczyć.

– Jestem gotowa – powiedziałam i udałam się z rehabilitantką do innego pokoju.

Tam spokojnie dokończyłyśmy dyskusję. Z kobiecego punktu widzenia. Co to jest nagość, gdzie się zaczyna, gdzie się kończy i czy zależy naprawdę od ubrania. I kiedy się znowu widzimy. Może ona poprzedzi wizytę SMS-em na wszelki wypadek. Środa, osiemnasta, SMS.

Kiedy wyszła i pożegnałam rodzinę, facet, który nie dał się dotknąć rehabilitantce, zagrał parę taktów na pianinie.

– Napisz mi do tego tekst – powiedział.

W środę o osiemnastej byłam gotowa na kolejny zabieg.

Z sąsiedniego pokoju dochodziły dźwięki pianina i donośny głos:

– Proszę, żebyś się rozebrała...

Ręce rehabilitantki zawisły w powietrzu nad moim kręgosłupem, co, nie ukrywam, przyniosło mi chwilę wytchnienia.

– Ładna piosenka – powiedziała. – Bo chodzi przecież o obnażenie duszy...

– To mój tekst – wtedy się przyznałam.

– Nagracie ją?

Jęknęłam, bo jej ręce wylądowały bezbłędnie właśnie w tym miejscu, które najbardziej bolało. Mam tyle innych miejsce na ciele, które w ogóle nie bolą, a nawet czują przyjemność z dotykania, ale ona zawsze trafia na to, co przekłuwa mnie na wylot.

– Czy mogłabym dostać ten tekst wcześniej? A najlepiej byłoby, gdyby się pojawił w którejś pani książce. Może to pani dla mnie zrobić?

– Obiecuję! – Wszystko bym obiecała, byleby przestało boleć.

Ale potem przypomniałam sobie pomyłki związane nie tylko z godziną, ale również z dniami tygodnia. Nie tylko szesnastą pomyloną z siedemnastą, ale też poniedziałek pomylony z wtorkiem...

I wobec tego dotrzymuję słowa.

Dla Justyny

NAGOŚĆ

Prosisz, żebym się rozebrała,
Żebym stanęła przed tobą naga,

Żebym ściągnęła z siebie to wszystko,
Co ci przeszkadza być ze mną blisko.

Więc najpierw zdejmę gwiazdy z nieba.
Zdejmę dla ciebie jabłko z drzewa.
Zdejmę dla ciebie z półki albumy.
Ze zmarłych zdejmę białe całuny.

Ściągnę ze ściany parę obrazów,
Z cudzego tekstu parę wyrazów
I zrzucę z barków wszystkie ciężary.
Porzucę wszystko, co nie do pary.

Ściągnę uśmiechy i głupie miny,
Ściągnę i wnioski, i ich przyczyny,
Rozbiorę siebie na drobne cząstki,
Ścięgna i skórę kości, i chrząstki.

Myślisz, że sweter, koszula czy stanik
Odrzucone zupełnie potrafią mnie zranić?
Ja zdejmę role, w które wchodziłam.
Ściągnę to wszystko, kim kiedyś byłam.

Na koniec zdejmę maski z twarzy.
Czy wtedy w ogóle mnie zauważysz?
Pomyśl, co wtedy zobaczyć chcesz?
Swoje marzenie czy nagą mnie?

Czy obnażone moje pragnienie
Budzi twój zachwyt czy przerażenie?
Bo kiedy naga przed tobą stoję,
Nie ja się boję, nie ja się boję...

Wróżka z pająkiem

Spotkałam ją na rogu, za przeproszeniem, Jerozolimskich i Marszałkowskiej. Rogu tam nie uświadczysz, bo to przejście podziemne, za to schody są – ona wchodziła, ja schodziłam.

– Ale się cieszę! – krzyknęła radośnie.

Spieszyłam się na Chmielną, ale ucieszyłam się również. Ostatni raz widziałam ją tuż przed rozwodem, odgrażała się, że załatwi swojego męża, że mu pokaże, że on jeszcze pożałuje – nic oryginalnego, mówiła to, co każda kobieta mówi, a przynajmniej myśli.

Potem słyszałam, że złość jej przeszła, że jest w depresji, potem ktoś doniósł, że zmieniła pracę, ale radzi sobie jakoś, potem ktoś naplotkował, że próbowała odbić męża swojej sąsiadce, ale ta ją pogoniła. Nic oryginalnego.

Teraz miała oczy jak gwiazdy, uśmiech na twarzy szczery, sprężysty krok i permanentny, dobrze zrobiony makijaż.

– Co słychać? – zadałam najbardziej bezpieczne pytanie, jakie mi przyszło do głowy.

– Ach! – roześmiała się. – Padniesz, jak ci opowiem!

– Zdzwońmy się – zaproponowałam odważnie, bo na Chmielnej miałam być przed osiemnastą, czyli jakieś pięć minut temu. – Strasznie się spieszę!

– A gdzie cię niesie? Na Chmielną? To tuż obok, nie przesadzaj, zadzwoń, że się spóźnisz, proszę, to przeznaczenie, że akurat na ciebie wpadłam, zjemy ciacho i opowiem ci taką historię, że nie uwierzysz!

Ciacho mnie nie bierze, już raczej śledź jakiś fajny w śmietanie, ale historia, w którą na pewno nie uwierzę, zawsze mnie przytrzymuje na miejscu.

Zrobiłam szybki bilans – albo wymienię za małe buty dzisiaj, albo usłyszę coś, w co nie uwierzę.

Bilans był prosty.

– O rany – powiedziała Znajoma na widok kelnera w maleńkiej kawiarence. Owszem, był przystojny, a to miejsce dobrze wróżyło, bo wszystkie stoliki były wolne. Znajoma rozejrzała się i powiodła mnie w sam kąt, najdalszy od wejścia, na wszelki wypadek. Przedefilowałyśmy przed kelnerem, przeciskając się między stolikami. Już żałowałam, że nie biegnę w stronę Chmielnej. Jeszcze bym zdążyła. Znajoma rozsiadła się wygodnie.

– A teraz ci coś opowiem – powiedziała. – I nawet będziesz mogła to opisać.

Odpuściłam buty. Przecież bardzo chętnie słucham różnych opowieści, pod warunkiem że nie są odrażające, bo od tego mam dzienniki.

– Zamieniam się w słuch.

– Tylko mi nie przerywaj – zaznaczyła – bo zgubię pointę i...

– Nie przerwę, obiecuję – wtrąciłam szybko.

– No właśnie o to chodzi.

– O co?

– Że już mi przerwałaś.

Chciałam sprostować, ale w porę ugryzłam się w język. Milczałam.

– Dwa razy przerwałaś – stwierdziła i kiwnęła na kelnera. – Co pijemy? O rany, zapomniałam, że teraz jest zabronione kiwanie na kelnera.

– Zabronione? – Słowo daję, tu mnie zadziwiła. – To jak masz poprosić?

– Nie wiem. Nie można krzyknąć, machać, kiwać. Nie mam pojęcia. Można wymownie patrzeć. Patrzę wymownie?

Pokiwałam głową. Patrzyła na kelnera, jakby chciała mieć z nim trójkę dzieci i wspólny kredyt. A dzieci już miała, zdążyły się nawet wyprowadzić. I to dość dawno, o ile pamiętałam.

– Ślepy jest czy co?

Raczej „czy co" wchodziło w grę, bo kelner bardzo dobrze widział, kelnerka też dobrze widziała, uśmiechali się bowiem do siebie z wyraźnym zainteresowaniem.

– Proszę pana! – krzyknęła Znajoma.

– Już podchodzę – powiedziała kelnerka i porzuciła przystojniaka. – Słucham?

Znajoma wydawała się rozczarowana.

– Pijesz coś? Dwie kawy i mineralną. Macie tiramisu?

Nie mieli, szczęśliwie dla mojej talii.

Kelnerka przyniosła kawy i wodę, Znajoma nachyliła się do mnie, przedtem sprawdzając, czy kelner patrzy w naszą stronę. Owszem, patrzył. Na kelnerkę, która prosto od naszego stolika szła ku niemu.

– No? – ponagliłam Znajomą.

– Ależ ty niecierpliwa jesteś... – westchnęła. – Mężczyźni nie doceniają dojrzałych kobiet...

Nie odezwałam się tym razem. Znam takich, co doceniają.

– Zawsze w opozycji, prawda? – Spojrzała na mnie lekko przekornie.

– Ja?

– Nie zgadzasz się ze mną, to widać.

– Myślę, że generalnie masz rację... – przyznałam niechętnie. – Ale obiecałaś opowiedzieć...

– To nie przerywaj. Wiesz, że się rozwiodłam?

Pokiwałam głową.

– Byłam w strasznym stanie, strasznym... Nawet ci nie chcę opowiadać, co przeszłam. Kiedy po tylu latach dowiadujesz się, że cały czas, cały c z a s byłaś ślepa i głucha, że to nie było nic warte, to po prostu nie możesz dojść do siebie. Nie możesz uwierzyć, że mogłaś wierzyć, rozumiesz, co mam na myśli?

Nie chciałam przerywać w oczekiwaniu na fantastyczną historię. Pokiwałam głową.

– Niby skąd masz wiedzieć. Nie byłaś przez dwadzieścia lat mężatką. Twój mąż cię nie zostawił dla nic niewartej panny, której jedyną zaletą jest wiek!

– Dużo młodsza?

– Dwa lata. Ale jemu wystarczyło. Będzie miał za swoje, zobaczysz. Puści ją w trąbę jak mnie, albo może ona go puści? – zastanowiła się, a potem machnęła ręką. – Bez znaczenia. Już teraz bez znaczenia. Ale co ja przeszłam, to nawet nie chcę ci opowiadać. Horror. Byłam na lekach, mówię ci, bałam się przejść przez ulicę. Wiesz, że dwa lata temu miałam stany lękowe... Nic mi nie pomagało. Nic – powtórzyła, jakby to do mnie nie docierało. – A teraz – rozłożyła ręce – spójrz na mnie, kwitnę!

Pokiwałam głową. Naprawdę wyglądała nieźle. Naprawdę.

– To co się stało?

– Wszystko robiłam. Próbowałam tego i owego. Nawet przeszłam na wegetarianizm, i nic!

Zdumiałam się w milczeniu. Wegetarianizm nie leczy nerwicy. Ani smutku. Ani poczucia odrzucenia.

– A to co chciałaś mi opowiedzieć?

– Ależ ty niecierpliwa jesteś! Cały czas przerywasz. Mówię ci – od lekarza do lekarza chodziłam. Spać nie mogłam, jeść nie mogłam, potem utyłam z tego wszystkiego, wysiadły mi kolana, cały organizm zaczął się sypać. I wtedy stał się cud!

– Cud?

– Zgadnij, co się stało.

– Zmieniłaś pracę! – wiedziałam o tym przecież.

– Praca! – prychnęła. – Praca nie jest cudem. Jest koniecznością.

Dla niektórych jest cudem, pomyślałam sobie, ale milczałam dzielnie.

– No to... wygrałaś coś gdzieś?

– Ale z ciebie materialistka! Próbuj dalej. Podpowiem ci...

Czekała na moją reakcję, a ja powoli więdłam.

– Jest ktoś, kto otworzył mi oczy na rzeczywistość... – Ściszyła głos i znowu jej wzrok powędrował ku kelnerowi.

– Spotkałaś mężczyznę swojego życia – wypaliłam i byłam bliska uwierzenia, że w jej przypadku to jest cud.

Uśmiechnęła się.

– Ciepło...

– Kobietę?

Nic mnie nie zdziwi. Takie czasy.

– Tak!

Zakrztusiłam się.

– Kobietę?

– Kobietę! Wróżkę! Nie uwierzysz!

W to spokojnie uwierzyłam. I pożałowałam, że tu siedzę.

– Mówiłam ci, że mam o czym opowiadać. Wyobraź sobie, że ona mi powiedziała, że wszystko będzie OK! To dzięki niej mam nową pracę, ona mówiła o zmianie! I proszę! Poszłam do kliniki i zrobiłam sobie oczy! Świetnie, prawda? Powiedziała, że kolanami mam się nie martwić, jeździć na rowerze, i że powinnam tylko zadbać o żołądek. Jak ręką odjął! Przeszłam na dietę i czuję się znakomicie! Jakby nowy duch we mnie wstąpił! Musisz koniecznie do niej iść! Ale najważniejsze, że pożegnałam się ze wszystkimi swoimi lękami! Wystarczyło, że powiedziała: Nie ma się pani czego bać. Ja tu w kartach niczego złego nie widzę. – Cudotwórczyni, mówię ci! Więc – i tu uważaj – pytam, co z miłością. A ona patrzy, patrzy i mówi: ...mężczyzna w brązowym garniturze wkrótce się pojawi i to będzie związek życia! Przystojny, związany z medycyną, ale nie bezpośrednio, urządzony, z własną firmą, dwoje dzieci, ale już odchowanych, w odpowiednim wieku, który będzie dla mnie wsparciem! Rozumiesz? To dlatego tak wyglądam! – roześmiała się tak radośnie, że kelner popatrzył w naszą stronę, odwracając wzrok od koleżanki po fachu.

I nagle wszystko stało się dla mnie zrozumiałe. Ona, zwykle dość zaniedbana, trochę smutnawa, nie bardzo o siebie dbająca – rozkwitła. A kobieta rozkwita, kiedy jest kochana. Znajoma po prostu była zakochana i ja tego nie zauważyłam? Przecież to jak dwa plus dwa, od razu powinnam się domyślić.

– Gdzie go poznałaś? – Pochyliłam się, bo to rzeczywiście historia jak z kolorowego pisemka.

– Wiesz, tłum ludzi, on z boku... Na początku trochę nieśmiały... a potem... law! – I wybuchnęła śmiechem.

– Ale gdzie?

– Wszędzie! TO może być wszędzie! Na ulicy, w parku, w kinie, w teatrze, skąd ja mam wiedzieć gdzie?

– Nie wiesz, gdzie go poznałaś? – Jeszcze nie rozumiałam.

– Ja go dopiero spotkam, nie rozumiesz? To kwestia czasu! Jeszcze go nie spotkałam. Ale muszę być przygotowana, w każdej chwili mogę go spotkać! Wszystko się sprawdziło, i zmiana, i ten żołądek, i te kolana. Ten facet może być tuż obok!

Oprócz kelnera, z którym jej syn mógłby chodzić do szkoły, nie widziałam tuż obok żadnego mężczyzny.

– Czy myślisz, że to wszystko zrobiłam dla siebie? – szepnęła, wskazując na swoją ładną twarz i na swoją figurę.

Milczałam.

Zatkało mnie. Jestem przekonana, że lekarz też jej powiedział, że nie ma się czego bać, że rower dobrze robi na ból kolan i zawsze warto zadbać o żołądek, szczególnie jeśli się pakowało w siebie leki i nieprzytomne ilości jedzenia. Ale umówmy się, lekarz to nie wróżka. Lekarz nie wspomniał o Wielkiej Miłości, a wróżka owszem.

– Musisz do niej iść, ty się tak łatwo denerwowałaś... O rany, muszę lecieć na zajęcia! Już wpół do siódmej! Tak miło cię było zobaczyć! Zapłacisz? Zapisałam się na włoski. Widziałaś ten film? Nie siedzę w domu, bo do domu nie przyjdzie! Masz tu jej telefon, twoje życie ulegnie zmianie...

Zerwała się z miejsca, ucałowała mnie w policzek, pomachała kelnerowi i tyle ją widziałam. Zostałam z wodą mineralną i za małymi butami, w których sprawie będę jeszcze raz musiała przyjechać do Warszawy, i z serwetką, na której widniał numer telefonu. Zapłaciłam i wyszłam. Serwetka została na stoliku.

Właściwie to miło zobaczyć starą Znajomą w dobrej formie. Pełną nadziei i pozbawioną lęków.

Ale wróżka???

Swoją drogą, gdyby tak lekarz zaczynał wizytę od: „Spotka pani mężczyznę życia, który będzie dla pani oparciem, miłością, spełnieniem...”.

Pająk przeciwlękowy

Ja się martwię byle czym. Kiedyś, jak za bardzo się martwiłam i to mi zaczynało przeszkadzać, niezależnie od okoliczności dzwoniłam do Zosi i prosiłam, żeby mi opowiedziała o pająku...

Zośka bardzo się bała pająków. Pewnego dnia weszła do sypialni i na poduszce zobaczyła bardzo dużego pająka. Postanowiła nie wpaść w histerię, bo w domu nikogo nie było, tylko stworzenie delikatnie wyrzucić z balkonu, w dodatku nie robiąc mu krzywdy, bo nie zabija się pająków, to bowiem mogłoby przynieść nieszczęście.

Wzięła więc garnczek, podłożyła karton, delikatnie wepchnęła pająka do środka, a potem wyrzuciła.

– Dlaczego garnczek? – zapytałam, kiedy pierwszy raz mi opowiedziała tę historię.

– Bo to był duży pająk.

– Jak duży? – zainteresowałam się, bo nawet bardzo duży pająk może być przykryty szklanką.

– O taki – pokazała na dłoń. W ogóle nie skojarzyła, że piętro wyżej facet hodował ptaszniki.

Jej opowieść o pająku wpływa na mnie uspokajająco. Bo świadczy o tym, że radzimy sobie z życiem, pod warunkiem, że za bardzo się nie boimy. Ona się nie bała. Trzeba czasami po prostu sięgnąć po coś większego, w przypadku pająka jakiś garnczek... czy coś... W innym przypadku raczej po czy coś...

Za dużo słów

Od jakiegoś czasu powtarzam liczby.

A to dwadzieścia sześć i osiem.

A to dwadzieścia sześć siedemdziesiąt.

A ostatnio trzysta. Trzysta jak trzystu Spartan.

Dlaczego trzysta?

Bo ja jestem gaduła, niestety.

Mówię dużo, dygresje mi się namnażają w sposób niekontrolowany, własne gadanie mnie uspokaja, a też powoduje, że wtedy mi się wszystko układa w jakąś logiczniejszą całość; jak się usłyszę, wówczas a to sobie coś przypomnę, a to zdam sobie sprawę, że o czymś zapomniałam – jednym słowem, gadulstwo mi pomaga.

Tak myślałam, dopóki nie spotkałam Koleżanki.

Przypadkowo ją spotkałam, bo jak się już ruszę, to się zawsze na kogoś znajomego natknę.

I usłyszałam następujące jedno zdanie:

– Kasiu, ale fajnie cię widzieć, nie spodziewałam się tutaj ciebie, chociaż ostatnio tu obok, przy Nowogrodzkiej, jak wychodziłam z Romy, to spotkałam Irenę, wiesz, z sąsiedniej klasy, ona ma troje dzieci i jej córka jest w trzeciej ciąży, no a co u ciebie, to nie pytam, bo wiadomo, co ty zrobiłaś z włosami, byłaś tutaj u fryzjera? ja to mam świetnego, ale w Panoramie, daleko, nie zawsze mam czas, żeby podjechać, znaleźli u mnie wadę serca, trochę się zmartwiłam, ale niepotrzebnie, bo po co martwić się czymś, na co nie mamy wpływu, i dlatego na przykład lepiej ani nie znać poglądów sąsiadów, ani im ścieżek nie prostować, ani nie dyskutować o wyższości posiadania psa nad trzymaniem kota, prawda, bo wiadomo, że kociarze nie zrozumieją psiarzy, ja mam i kota, i psa, ty też, wiem, wiem z filmu, to twój dom filmowali, niektórym się powodzi, pozwoliłaś na to, ja na przykład nie biorę udziału w takich dyskusjach, bo ja kocham jedne i drugie, Cameron, moja kotka, będzie miała małe, chcesz jednego? nikt się tak nie kocha jak kot z psem, uwierz mi, to zabawne, że tak ci się ułożyło, prawda, pamiętam, jak na chemii napisałaś to opowiadanie o chemiczce, z chemii to zawsze byłaś kiepska, no ale ja gadam i gadam, co u ciebie? znasz Stenkę? co ja głupio pytam, pewnie, że znasz... chętnie bym z tobą pogadała, ale muszę lecieć, dasz mi swój numer, to się umówimy...

Ratunku!

Wróciłam do domu i zaczęłam się zastanawiać, po co mi los postawił Koleżankę na drodze.

Bo że miał w tym jakiś cel – nie wątpię.

A jeśli ja, nie daj Boże, jestem do niej podobna?

Bo jeśli tak... to tylko się pochlastać tępym nożem, podpalić sobie włosy na głowie i ugasić je ciężkim młotem. Nie wymyśliłam tego, niestety, to cytat z filmu, ale jakże trafnie oddający mój stan ducha!

Od czasu spotkania Koleżanki próbuję trochę swoją chęć gadania wziąć w cugle, choćby odrobinę okiełznać.

Jak się rozpędzam – i wiem, że się rozpędzam – to powtarzam w myślach, trzysta, trzysta, trzysta.

Dlaczego?

To proste.

Dyrektywa Unii Europejskiej w sprawie przewozu cukierków ma blisko trzydzieści tysięcy słów.

Dziesięć przykazań w Biblii ma około trzystu słów.

Deklaracja Niepodległości Stanów Zjednoczonych – ponad tysiąc.

Sos chrzanowy z *Księżycową*

Zaczęło się niewinnie.

Posprzątałam kuchnię na błysk i powiedziałam:

– Dzisiaj nie gotuję.

Nie chciałam stać przy garach i myślałam, że zjemy na mieście. Na mieście to przesada, wielkie mi miasto, ale gdybyśmy pojechali na obiad do Podkowy, to w domu dalej byłoby czysto, zakupów robić by nie trzeba, ja miałabym problem z głowy i byłoby jakby odświętnie od razu.

Mężczyzna, do którego to powiedziałam, entuzjastycznie odkrzyknął, że kapitalnie, ekstra, on się tym zajmie, to znakomity pomysł zamienić się rolami, ja oporządzę psa i rybki nakarmię, on ugotuje, tylko żebyśmy sobie nie wchodzili w drogę, bo ja mu w kuchni przeszkadzam.

Zręcznie ukryłam rozczarowanie i wyniosłam się do ogrodu, żeby nakarmić rybki w stawie, ale okazało się, że nie ma karmy. Jeszcze usłyszałam przez drzwi:

– Sprawdź, czy mają żarcie!

– Miałeś się nie wtrącać! – odkrzyknęłam.

– I chyba im trzeba dolać wody!

– Nie wtrącaj się do moich obowiązków! – zawołałam i rozwinęłam wąż ogrodowy, końcówkę wpuściłam do stawiku. Mały jest, a jednak paruje. Ubabrałam się. Odkręciłam wodę, przetarłam stół na tarasie.

– Zrobię sos chrzanowy! – krzyknął mężczyzna. – Mamy chrzan?

– Sprawdź w lodówce na drzwiach!

Przemknęłam do kuchni, umyłam ręce, wzięłam garnek z wodą i szmatę, żeby przetrzeć ten cały bałagan.

– Gdzie jest śmietana? Chrzanu też nie ma.

– Czego potrzebujesz do tego sosu? I tak muszę jechać po jedzenie dla ryb, to kupię – powiedziałam ugodowo. Choć mój misterny plan nierobienia zakupów spalił na panewce.

– To kup jeszcze baterie do pilota – rzucił mimochodem. – I pomidory. Cebulę.

Westchnęłam.

Wszystko miało inaczej wyglądać.

– Dobra, najpierw pojadę po zakupy.

Kupiłam śmietanę i chrzan. Zapomniałam o bateriach i jedzeniu dla rybek.

Wróciłam. W kuchni wszystkie nasze zapasy stały na wierzchu.

– Matko, gdzie ty byłaś – jęknął mężczyzna. – Potrzebne mi masło i mąka. Śmietanę kupiłaś? Chciałem śmietankę.

– Mówiłeś śmietana, nie śmietanka, i tu masz śmietanę. – Wyjęłam niespiesznie zakupy i udałam się do ogrodu, żeby wyłączyć wodę.

– Mamy mąkę? – dobiegło mnie z domu.

Zwinęłam wąż, odłożyłam pod lipę i weszłam do kuchni. Mężczyzna stał nad patelnią, na której smażyło się masło. Wszystkie rzeczy z szafek były powyjmowane, z makaronami, cukrem pudrem i puszkami kukurydzy włącznie.

– Daj mi szybko mąkę, gdzie mamy kostki rosołowe?

Podstawiłam mu mąkę pod nos i wyjęłam kostkę z lodówki.

– Rozpuść mi ją szybko! Nie ma śmietanki, śmietana mi się zwarzy, włóż tu pół słoika chrzanu i pomieszaj!

Spróbował i zamlaskał.

– Dobry – stwierdził. – A gdzie mamy jakieś mięsko?

– Mamy i psa, i ozdobne karpiki w stawie. Co proponujesz do sosu?

– Jak to, a do jedzenia?

– My jemy ryby, a Chińczycy jedzą psy – zauważyłam. – I moim zdaniem folia w stawie przecieka.

– Nic nie potrafisz sama porządnie zrobić. Tak to właśnie wygląda, muszę wszystko po tobie poprawiać, zrobię sobie przerwę, poćwiczę trochę – powiedział Robert, zostawił mnie z patelnią na ogniu, w połowie obranymi ziemniakami – za to wszystkie radośnie moczyły się w garnku, całe dwa kilo – i wyszedł z kuchni.

Wytarłam stół z mąki, mąki ziemniaczanej – skąd on ją wytrzasnął? – bułki tartej, sprzątnęłam kasze, ryże i słoiki.

Z pokoju dochodziły mnie dźwięki *Księżycowej*, potem *Preludium deszczowego*, *Nature boya*. Bardzo przyjemne.

Wyłączyłam gaz pod sosem, bo zaczął niebezpiecznie buzować. Pochowałam rzeczy do szafek i do lodówki. Obrałam ziemniaki i wymyłam sześć talerzy, dwa kubki – jeden po śmietanie, bo muszę mieć miarkę, drugi po kostce rosołowej i trzy dodatkowe – nie mogłam dojść, do czego mu były potrzebne, trzy miseczki, w których coś rozcierał, starłam blat upaprany mąką, śmietaną, masłem i mąką kartoflaną, zebrałam ze stołu trzy garnki, bo nie wiedziałam, do którego mięso się zmieści – jakie mięso, skoro żadnego nie było? – i schowałam do szafek. Ścierki wrzuciłam do łazienki, przetarłam podłogę w kuchni i wymyłam kuchenkę.

Było prawie jak przedtem, tylko z sosem na patelni.

Wsiadłam w samochód i pojechałam do miasteczka. Kupiłam dwa kebaby. Wywaliłam bułę, a mięsko wrzuciłam do sosu. Ziemniaki się dogotowywały. Pokroiłam pomidory i ogórek, zalałam sosem malinowo-czosnkowym, zrobionym naprędce z dodatkiem musztardy. Dorzuciłam parę ziarenek słonecznika i nakryłam do stołu.

Mężczyzna był z siebie bardzo dumny.

– Widzisz, ja się ładnie wyrobiłem z obiadem, a ty nawet nie nakarmiłaś rybek. Nie opłaca mi się z tobą zamieniać. Pół dnia zmarnowałaś na to, co mnie zajmuje dziesięć minut. Ale przynajmniej próbowałaś, kochanie.

Ot, tak sobie, na golasa

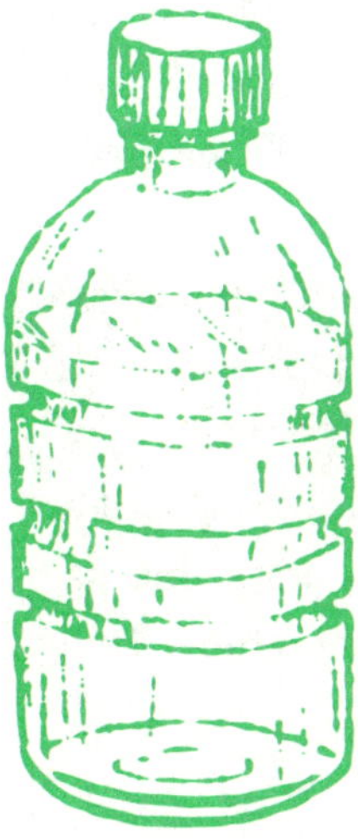

Niby wszystko takie samo. Takie same ulice i samochody, takie same łąki i niebo nad nimi. My niby tacy sami jak przed chwilą, jak w zimie. Mamy te same imiona i adresy, no, chyba że się przeprowadziliśmy. Ale to my.

A jednak...

Lato. Ciepło. Czasem upał. Korki mniejsze, bo wyruszyliśmy na urlopy. Miasta te same i wsie te same, a jednak inne. Nic się nie zmieniło, chociaż zmieniło się wszystko.

Zdjęliśmy z siebie ubrania. Porzuciliśmy płaszcze, kożuchy, futra, jesionki, garsonki, wełniane okrycia, kurtki watowane i nie, stare i nowe. I duch nasz jakby trochę luzu dostał.

O nie, wcale nie z powodu urlopów, o nich nie piszę, nie wszyscy mamy wolne i nie wszyscy wyjechaliśmy, nie wszyscy leżymy na plaży, pływamy w morzu, buszujemy po knajpach uzdrowiskowych, bawimy się na polach namiotowych, nie wszyscy wyjechaliśmy za granicę i nie wszyscy łazimy po górach. Na przykład ja – nie.

Toteż zajmuję się obserwowaniem rzeczywistości gołej. Nieubranej. Powabnej. W krótkich spodniach, bluzkach na ramiączkach oraz w zestawach działkowych – jak to określa moja sąsiadka.

Zestaw działkowy to krótkie spodenki lub gacie do jazdy na rowerze, z nagim brzuchem, jeśli męski, to i pierś naga, jeśli żeński, to stanik w kolorze dowolnym, ale za to bieliźniany. Czasami do tego zestawu przytulony z tyłu bywa chłopiec niewielki lub dziewczynka w koszu, rodzica wąchająca.

Czyli bliskość wielka, nie taka jak w zimie, kiedy ręki człowiek nie ma jak podać, bo rękawiczki i ziąb, i w ogóle aby do wiosny.

I naszła mnie jednak taka myśl, że ludzie bardziej rozebrani są milsi od tych w kożuchach i płaszczach.

Wniosek taki oto wysnułam sobie dobrowolnie dzisiaj na podstawie zdarzenia, które widziałam w dużym sklepie. Ja ich nie lubię, ale owszem, czasami bywam. Stałam przed wodami mineralnymi kompletnie niezdecydowana, bo skąd ja mam wiedzieć, jaka ilość sodu, potasu czy innego cholerstwa jest zdrowa albo przynajmniej nie powoduje chorób – i kiedy tak stałam, zobaczyłam dwóch panów. Rozebranych, bo lato. W krótkich gatkach i w sandałach, a jeden miał skarpety białe założone do sandałów jak gdyby nigdy nic. Panowie byli zainteresowani piwem na sąsiednich półkach, ale i tak słyszałam ich rozmowę, bo porozumiewali się bezceremonialnie i głośno.

– Jakie bierzemy? – spytał pan bez skarpet, w czerwonej koszulce bez rękawów.

– A ja tam wiem? – odpowiedział pan w skarpetkach.

– No to się decyduj.

– Krysia? – Pan w skarpetkach rozejrzał się za Krysią. Widać Krysia wiedziała najlepiej, co panom w sandałach nie zaszkodzi.

– Krysia na szmatach jest – wyjaśnił kolega, przyglądając się bardzo rzetelnie niezliczonym butelkom piwa.

– A co ona tam tak długo robi? Babę spuść z oka, to ci od razu poleci na szmaty! – zdenerwował się pan w skarpetkach.

– Staaaary – powiedział bardzo ugodowo kolega bez skarpetek – daj jej się odprężyć. Tyle jej, co sobie popatrzy... Kobiety odprężają się przy szmatach, my w monopolowym – zarechotał głośno, ale w tym zdaniu nie było nic obraźliwego, on naprawdę rozumiał i żonę kolegi, i kolegę.

Spotkałam ich potem przy kasie, w wózku mieli jakieś zakupy i parę butelek piwa. Krysia niosła jakąś bluzeczkę, którą nieśmiało włożyła panom do wózka.

– Gorąco jest – powiedział jej mąż, jak się domyśliłam, ten w skarpetkach, wykonując lekko usprawiedliwiający gest, który obejmował również piwo.

– No – potwierdziła pani Krysia gestem, który obejmował zarówno piwo, jak i bluzeczkę.

Ja ze swoją mineralną stałam za nimi.

– Pani idzie pierwsza, pani nic tu nie ma – kiwnął na mnie pan w sandałach.

Krysia i jej mąż ochoczo mnie przepuścili do kasy.

Podziękowałam, uśmiechnęłam się.

– Tylko woda? – zdziwiła się pani kasjerka. – No, taki upał...

– Straszny – potwierdziłam ochoczo.

– No, ale lepsze to niż zima.

– Bez wątpienia – pożegnałam panią kasjerkę i panów w sandałach. I wszyscy się uśmiechnęliśmy.

Poszłam w stronę samochodu. Był zastawiony innym samochodem, na miejscu obok kierowcy, którego nie było, siedziała młoda kobieta, a z tyłu dwóch małych chłopców kłóciło się zajadle.

– Odjedzie pani? – nachyliłam się do szeroko otwartego okna.

– Ja nie mam prawa jazdy – odpowiedziała grzecznie pani.

– Aha – powiedziałam tylko, bo mnie zatkało.

– Ta pani jest zastawiona przez pani samochód – przyszedł mi z pomocą jakiś przechodzący pan. – Pani odjedzie kawałek.

– Ojej! – krzyknęła pani, do której dotarło, co się dzieje. – Mąż tylko po lody skoczył, zaraz przyjdzie!

Wobec tego stanęłam grzecznie przy swoim samochodzie. W upale nie będę czekać w środku. Włożyłam wodę na przednie siedzenie, otworzyłam szeroko drzwi. Był piękny lipcowy dzień.

– Pani tak będzie czekać? – zdziwił się pan pomocny.

– A poczekam – powiedziałam – co mi szkodzi. Upał straszny.

– Ludzie to teraz są nienormalni – stwierdził pan pomocny, ni to o mnie, ni to o innych.

– Czasem są dziwni – podtrzymałam konwersację, bo na świecie naprawdę było pięknie.

– Dziwne toby było, gdyby wszyscy byli normalni – roześmiał się pan pomocny i poszedł na drugi koniec parkingu. Krótka koszulka nie zasłaniała mu dołu pleców.

Pani z chłopcami na tylnym siedzeniu wyszła z samochodu, który mnie blokował.

– Ja bardzo panią przepraszam, ale oni tak prosili o lody, a jak się z nimi pójdzie, to końca nie widać, zawsze się rozlezą po sklepie, a to jeszcze to, jeszcze tamto, więc mąż powiedział, że za minutkę będzie, tak mi przykro...

Miała na sobie świetną sukienkę, dwa ramiączka cieniutkie jak nitka, odcięta pod piersiami i rozkloszowana w dół, z jakiejś niewiarygodnie cienkiej bawełny.

– Nie szkodzi, poczekam – zapewniłam ją spokojnie, bo naprawdę się nie spieszyłam. I w zimie o tej porze, jakby mnie ktoś zastawił, toby, po pierwsze, nie przeprosił, a po drugie, już byłabym wściekła. – Ładna sukienka – dodałam spontanicznie.

– A tutaj na Głowackiego kupiłam, w zeszłym roku. Akurat na upały. Ale jakby pani podjechała, to mają naprawdę duży wybór. I nie do pierwszego prania. Nie chińskie. No i nie teraz, bośmy panią zastawili – roześmiała się, więc i ja się roześmiałam.

Kiedy wróciłam do domu, zadzwoniła moja kuzynka. Głos miała słaby, więc zapytałam, co się stało.

– Nic – powiedziała – tylko kręgosłup mi siadł.

– Nosiłaś, a lekarz ci zabronił – właściwie nie zapytałam, tylko stwierdziłam.

– No co ty! Andrzej robi zakupy, mnie nie wolno, ale był taki upał, a przede mną szła starsza pani, sąsiadka spod dwunastki, o kulach i miała dwie siatki, i...

Wiedziałam. Ona ma taką przypadłość, że musi pomóc. Musi pomóc każdemu w zasięgu wzroku. Na parkingu, w sklepie, w samochodzie, na przejściu dla pieszych, w przychodni, kotu, psu, gołębiowi, pijakowi i trzeźwemu, starcowi i dziecku.

– I nie mogłaś się powstrzymać...

– Wiesz, pomyślałam, że jak ona jest o kulach i taka stara, to ma te siatki lekkie... Ale się przeliczyłam – roześmiała się. – Ja bym pięć razy obróciła, ale ona tak wolno szła, że mój kręgosłup tego nie wytrzymał... Było tak gorąco, ja prawie goła, a ona w płaszczu, wyobrażasz sobie? W zimie to ona nie wychodzi...

I tak oto właśnie doszłam do wniosku, że w lecie jesteśmy lepsi. Bardziej na golasa – i tacy jacyś delikatniejsi. Życzliwsi. Odkryci. Bardziej skłonni do zobaczenia drugiego człowieka w żonie buszującej w szmatach, w kolejce do kasy rzucimy okiem, czy ktoś za nami ma może tylko jedną rzecz w koszyku, na parkingu pomożemy chętniej, a moja kuzynka wypatrzy nawet kobietę w płaszczu i zrobi się jej żal, że taki upał, a staruszce na starość jest zimno.

Życie byłoby dużo lepsze, gdybyśmy byli bardziej na golasa przez cały rok.

Samolot na spadochronie

Mężczyzna powiedział mi ostatnio, że jestem pesymistką.

Prawie się obraziłam.

Akurat pesymistką nie jestem – raczej mam zdrowy dystans do rzeczywistości. On ma do mnie pretensję, że nie potrafię się cieszyć, tylko czekam, czy na pewno już mogę się ucieszyć. Chociaż to nieprawda, bo cieszę się na zapas. Bardzo często. A on mówi, że zabieram sobie mnóstwo przyjemności, obawiając się najgorszego. Ale umówmy się – po ostatnich doświadczeniach – to ja mam rację.

Wybraliśmy się na trzy dni do Zakopanego.

Mieliśmy trzy pełne dni dla siebie.

Pogoda taka sobie, lato się skończyło; wymyśliliśmy góry, bo tam nawet jak pada, to za godzinę jest słońce – tak twierdził.

Ja z kolei wiem z literatury, że jeśli jest piękna pogoda, a ty idziesz na wycieczkę w góry, to musisz być przygotowany na najgorsze. W ciągu godziny może nastąpić załamanie, śnieżyca, oblodzenie i zamarzasz na śmierć.

On powiedział, że generalnie jesteśmy tego samego zdania, z czym zgodziłam się chętnie, choć wiem, że nie miał racji, ale nie chciałam się kłócić.

Znaleźliśmy cudny pokój z superłazienką u przemiłych gazdów w Kościelisku. Pierwszego dnia przeszliśmy się Doliną Kościeliską na sam

Ornak. Było bajecznie. Przez pierwsze trzy godziny, potem zaczęło lać. Przemokliśmy do suchej nitki, zmarzliśmy potwornie, wróciliśmy wieczorem do naszych gazdów, za głowę się złapali na nasz widok.

– Mówiłam ci, że ten wyjazd się nie uda – powiedziałam cicho do Mężczyzny. – Wiedziałam, że tak będzie!

Gospodarz natychmiast wyjął koniak, poczęstował, kazał nam się przebrać i szybko przyjść na następną kolejkę. Koniak był świetny. Nalewka też była znakomita. Przy czystej przestało nami telepać, a gospodarz wyjął harmonię. Przy winie zaczęliśmy śpiewać, a przy nalewce z orzechów przeszliśmy z nim i jego żoną na ty.

– Wiedziałam, że to będzie rewelacyjny wyjazd! – przypomniałam Mężczyźnie i padłam spać.

Rano lało.

Ewa, żona gospodarza, wzięła mnie do obory i karmiłam z nią króliczki. Pomogłam doić kozy, dwie czarne i jedną białą. Przestałam bać się indyków i zachwycałam się kurami, które się do mnie garnęły niemalże. Znalazłam dwanaście jajek i byłam z siebie bardzo dumna. Owieczek Ewa ma osiem i pozwoliła mi je karmić chlebem z ręki. Nie ma nic lepszego niż kontakt z naturą i znalezienie pokrewnych dusz w górach.

– Mówiłem ci, że wszędzie są ludzie, którzy kochają zwierzęta – powiedział Mężczyzna.

Trzeciego dnia też poszłam z Ewą karmić i doić inwentarz. Króliczki były najmilsze, pozwoliła mi je trzymać na rękach i w ogóle się mnie nie bały.

– Nie będzie im za zimno w zimie?

Spojrzała na mnie ze zdumieniem.

– Gdzie będą mieszkać w zimie? – dopytywałam się.

– W zamrażarce – powiedziała Ewa.

Wpadłam do pokoju i krzyknęłam do Mężczyzny:

– Mówiłam ci, że tak będzie! Człowiek myśli, że wszystko jest w porządku, a potem tylko rozczarowanie! Oni te zwierzątka zabijają!

Kiedy wyjeżdżaliśmy, Ewa przytuliła mnie serdecznie i podarowała mi swoją piękną zieloną chustkę – prawdziwą góralską, ręcznie malowaną! I powiedziała, że królika dostaniemy na święta, i szynkę też, od nich lepsza, zdrowa, prawdziwa. I że czekają w lecie.

– Fantastyczni ludzie – powiedziałam do Mężczyzny – warto było przyjechać. Wiedziałam, że tak będzie.

W drodze powrotnej Mężczyzna stwierdził:

– Myliłem się co do ciebie. Nie jesteś pesymistką. Kiedy optymista wymyślił samolot, pesymista wymyślił spadochron. Ty jesteś samolotem na spadochronie. A swoją drogą, czy ty myślisz, że twoja ulubiona golonka to w fabryce z plastiku robiona jest?

Trzydzieści sześć i osiem

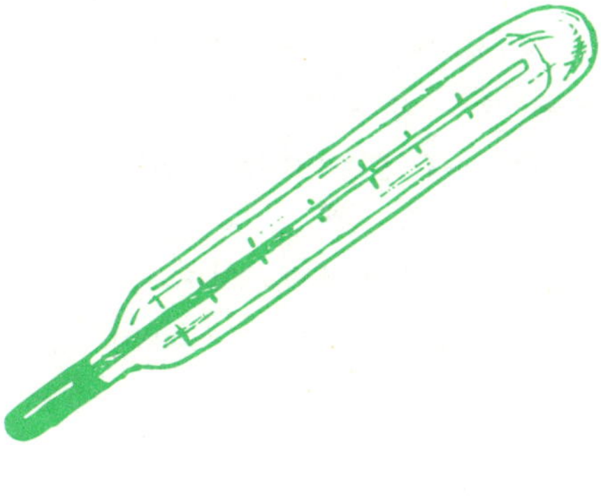

Mężczyzna kaszle. Udaje, że nic mu nie jest, wychodzi bez kurtki na dwór, bo tylko na chwilę, otwiera psu drzwi i staje w przeciągu, otwiera na oścież okno i mimo że kaszle, nie chce włożyć swetra.

Wczoraj włożył letnią (!!!) kurtkę, gdy poszedł po zakupy, bo – uwaga! – było słońce.

To, że było też minus cztery, nie robiło na nim żadnego wrażenia.

– Włóż tę ciepłą kurtkę! – krzyknęłam, ale jakbym mówiła do ściany, bo tylko usłyszałam trzask drzwi. Co to za pomysł, żeby udawać, że się żyje w innym klimacie niż nasz? A on udaje, że mamy właściwie lato. Późne lato. Jesienne lato. Listopadowe już, ale lato. Kurteczka letnia na podkoszulek to jego ubranie na spacer z psem – bo przecież na moment wychodzę.

A potem weź się człowieku opiekuj. Ja to mam szczęście!!!

Rano jeszcze było OK, po południu już miał chrypę.

– Chory jesteś – powiedziałam. – Zmierz temperaturę i trzeba się zapisać do lekarza.

– Nie jestem chory, trochę drapie mnie w gardle, zaraz przejdzie.

– Nie przejdzie albo przejdzie ci na płuca. – Całą siłę woli włożyłam w niewymawianie tego, co siedziało mi na końcu języka, a mianowicie: a nie mówiłam?

– Nie rób tragedii, przejdzie mi samo.

– Weź coś na grypę.

– Kochanie, nie mam grypy, jakbym sobie zrobił grzańca, toby mi w try miga przeszło – i zakaszlał.

– Kaszlesz! – jęknęłam. – I mówisz o alkoholu? Nie możesz się położyć? Wygrzać? Będziesz chory.

– Kobieto! – powiedział mój mężczyzna, zasiadając przed komputerem. – Czy możesz mi dać spokój? Przecież wiem, jak się czuję, nie jest źle! Chcę przeczytać wiadomości.

Ubrałam się ciepło i wyszłam z silnym postanowieniem poskarżenia się koleżance, owszem, młodszej, ale rozumiejącej trudności związku. Co prawda jechałam do niej po kropelki przeciwko kleszczom dla psa, które mi kupiła już trzy dni temu, ale zawsze temat nieodpowiedzialnego mężczyzny, który kompletnie lekceważy swój stan zdrowia, można poruszyć przy okazji. Ona ma męża, zrozumie mnie.

Otworzył mi jej mąż i od razu odskoczył.

– Nie zbliżaj się do mnie, złapałem jakiegoś potwornego wirusa!

– Wchodź, wchodź, nic mu nie jest – przywitała mnie Marysia, bo musiałam mieć wystraszoną minę. – Przeziębił się trochę.

– Nie wiem, co dla ciebie znaczy trochę, bo ja naprawdę źle się czuję – jęknął mąż Marysi. – Już mnie nawet mięśnie bolą.

– Bo się wczoraj przeforsowałeś – powiedziała spokojnie – a leki ci dałam.

– Z jednej dziurki mi leci – poskarżył się mąż.

– Krew? – zaniepokoiłam się.

– Katar, prawie nie mogę oddychać. Coś powinienem wziąć.

– Już wziąłeś! Siadaj, kochana – powiedziała Marysia i pchnęła mnie na fotel.

– Ciebie w ogóle to nic a nic nie obchodzi – powiedział jej mąż, a potem spojrzał na mnie. – Nie wiem, na co musiałbym być chory, żeby ona zainteresowała się moim stanem – westchnął żałośnie i wyszedł z pokoju.

– Jak u ciebie? – zapytała Marysia, ale zanim zdążyłam odpowiedzieć, z kuchni dobiegł huk czegoś spadającego i Marysia zerwała się na równe nogi.

– Co się stało???

– Tu gdzieś był syrop – dobiegło mnie z wyraźną pretensją.

– Tam nigdy nie było lekarstw, tu są i te wziąłeś! Masz trzydzieści sześć i osiem, to nie jest choroba! Połóż się i odpocznij, jeśli się źle czujesz!

– Nie mogę się położyć, bo ty nawet nie zauważysz, jak coś mi się stanie! Czy ty nie możesz zadzwonić do konsultanta z pogotowia i zapytać, co się robi w takich przypadkach? Oczywiście, że nie, bo ciebie to w ogóle nie obchodzi! A ta kobieta w banku zakaszlała prosto na mnie! Prosto w moją twarz! Tu były takie rozpuszczalne żółte tabletki! Powinienem wziąć antybiotyki!

– Co u ciebie? – Marysia wróciła do mnie po chwili, a ja starałam się nie słyszeć szamotania jej męża po kuchni.

– Wszystko OK – odpowiedziałam spokojnie.

Krople na kleszcze dla psa dostałam.

W drodze powrotnej wstąpiłam do sklepu.

W kuchni wlałam do garnka zakupione piwa, dolałam soku malinowego, dodałam goździki. Mój mężczyzna wynurzył się z pokoju.

– Nie wierzę własnym oczom oraz zmysłowi powonienia – powiedział.

– Skoro to ma cię wyleczyć – bąknęłam – to wyciągnij dla mnie drugą szklankę.

– A ty będziesz piła w jakiej sprawie? – spytał.

– Nie wiem jeszcze. Ale mąż Marysi mnie zaraził jakimś strasznym wirusem. Ma trzydzieści sześć i osiem – próbowałam zachować powagę. I pomyślałam, że jednak mam szczęście.

Okazyjne dodatki

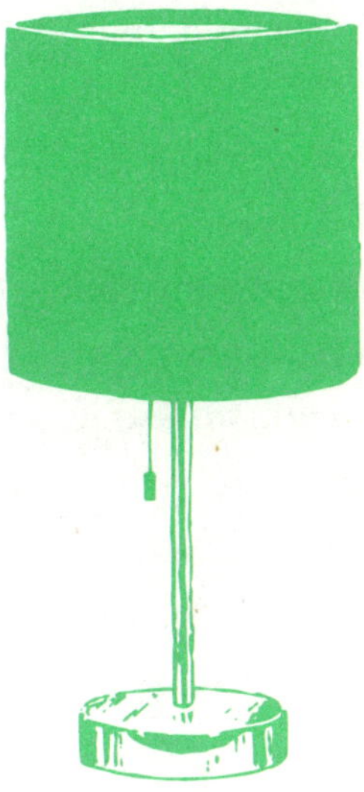

Umówiłam się z Anią na zakupy outletowe, bo nie mam kurtki, ona ze mną pojedzie do sklepu z wyprzedażami we Włochach, raz-dwa załatwimy, co mamy załatwić, tanio i przyjemnie.

Jedziemy.

Korek.

Aleje Jerozolimskie stoją.

Skręcamy w Pruszkowie w objazd, korek.

Po czterdziestu minutach dojeżdżamy, parkujemy.

Parkujemy, wchodzimy i od razu nerwowo szukamy toalet.

A potem raj – owszem, sklepów dużo, ale przecież wiem, czego chcę. Jestem w sprawie kurtki, więc wchodzimy do sportowego. Śliczna puchóweczka za stówę jest moja. Oddycham z ulgą i kierujemy się do wyjścia. Wychodzimy. Samochodu Ani nie ma.

– To chyba nie ten parking – mówi Ania. – Pamiętasz, jakim wejściem wchodziłyśmy?

Niestety, nie pamiętam, bo spieszyłyśmy się do toalety. Na pewno nie tym. Wycofujemy się z powrotem do wnętrza. Sklep z bielizną po lewej. Wchodzę i pytam, gdzie jest wyjście.

– Które? Południowe, wschodnie, zachodnie, od północy?

– Cztery? – Ania jest niepocieszona. – Takie od głównej ulicy.

– Od Partyzantów czy Synów Pułku?

– Nie mam bladego pojęcia – Ania mruczy, a ja kątem oka widzę kapitalny stanik w kolorze szmaragdowym. O pięćdziesiąt procent tańszy. Nie wiem do czego, ale pasuje jak ulał. Kupuję.

– Musimy iść prosto i skręcić. – Ania teraz wie, jak iść.

Mijamy kolejne sklepy. Na wystawie widzę obłędne buty. O siedemdziesiąt procent tańsze. Wciągam Anię do środka.

– Po co ci letnie buty na zimę? – Patrzy na mnie z politowaniem.

Odkładam.

Bierze jeden z nich do ręki.

– Przymierz, świetna jakość.

Kupuję.

Wychodzimy na zewnątrz.

To też nie jest nasz parking.

Przejścia dookoła budynku nie ma, bo siatka obok. Wycofujemy się do środka.

Wchodzę do sklepu z gospodarstwem domowym i pytam, gdzie jest wyjście.

– To koło Empiku czy jadłodajni polskiej?

Patrzę na Anię i widzę za nią na wieszaku dużą tabliczkę – rajstopy ciepłolubne, 13,99 PLN.

O pięćdziesiąt procent tańsze. Biorę zielone, bo na pewno przydadzą się na po nartach. Z tym że ja nie jeżdżę na nartach. I jeszcze sięgam po miskę z pokrywką, bo dwie w cenie jednej. Przydadzą się.

– Po co ci miski?

– Jedna dla ciebie – mówię uspokajająco.

W drodze do ostatniego wyjścia niosę już trzy torby. Buty, rajstopy, puchóweczkę, miski, dwa portfele z czerwonej skóry, ocieplacze brązowe tanie jak barszcz, trzy pary skarpet w cenie jednej, kostium kąpielowy w kolorze czarno-czerwonym, chustkę w żółte mazaje, stanik i koszulę, o siedemdziesiąt procent tańszą.

– Kompletnie zwariowałaś – mówi Ania, kiedy pakuję zakupy do bagażnika.

– Właśnie oszczędziłam na tych zakupach czterysta złotych.

– Wydałaś sześć stów! – przypomina mi Ania. – Na niepotrzebne rzeczy!

– Niepotrzebne? Puchówka, rajstopy, skarpety, ocieplacze!

– Kostium kąpielowy, portfeliki, chustki, staniczki...

– To są okazyjne dodatki – złoszczę się, bo jestem zła, że tak się dałam wmanewrować przez te okazyjne obniżki. O pięćdziesiąt procent taniej? Od czego?

Podjeżdżamy pod jej dom późnym wieczorem.

Przepakowuję okazyjne dodatki do swojego samochodu i pomagam wnieść jej zakupy.

Lampka nocna na długiej nóżce. Okazja, o siedemdziesiąt procent tańsza, ładna, srebrna, z białym kloszem. Sześć kieliszków do wina, kryształowe, z ekskluzywnego sklepu z gospodarstwem domowym, czterdzieści procent zniżki. Miska do ubijania piany ode mnie. Pled w obłędnym kolorze starej zieleni w pasy pseudołowickie, oferta specjalna. Dywaniki plecione ze sznurków, niebiesko-granatowe, okazja tylko na dziś.

– Ile? – pytam, przytrzymując drzwi do domu.

– Ile co?

– Przecież ty nic nie miałaś kupować...

– Przecież ja nic sobie nie kupiłam – mruczy pod nosem – to wszystko dla domu...

Dawno temu
w Europie

Ładnych parę lat temu postanowiłyśmy z Zośką polecieć do Egiptu.

– Masz paszport?

Mam. Głównie mam dosyć tego pytania. Od dwóch tygodni bez przerwy mnie pyta o ten paszport.

Mam dowód! Żyjemy w wolnym kraju, możemy jeździć, gdzie chcemy bez paszportu!

– Przypominam ci, że Egipt nie leży w Europie – powiedziała mimochodem Zośka, która kiedyś uczyła geografii.

O rany! Jednak muszę mieć paszport! Nie używałam go od lat! Przerzuciłam cały dom i w końcu go znalazłam w szufladzie w kuchni. Stracił ważność dawno temu. Zadzwoniłam do redakcji, że się spóźnię, pognałam do zakładu fotograficznego, odsłonili mi uszy, zrobili zdjęcia, a po pracy pobiegłam prosto do wydziału paszportowego. Piętnaście minut przed zamknięciem.

– Błagam, wyjeżdżam za jedenaście dni, możecie jakoś państwo przyspieszyć?

– Nie obiecuję – powiedział miły pan w okienku i poprosił, żebym wniosła opłatę paszportową. I dostarczyła dowód zapłaty z banku, to przyjmie. Jęknęłam. Jak mam to zrobić w piętnaście minut?

– Przelew może pani zrobić Internetem, ma pani telefon. I przesłać mi na maila dowód wpłaty. – Pan w okienku starał się być pomocny i podał mi kartkę z adresem mailowym.

– A gdybym ja panu dała pieniądze, a pan by ze swojego konta zrobił przelew i sobie od razu przesłał na maila? – zaproponowałam.

I teraz do czegoś się muszę przyznać. Otóż ja nie posługuję się telefonem w celach innych niż dzwonienie. Nie robię przez telefon przelewów, nie umiem. Z komputera zresztą wtedy też nie. Chodziłam grzecznie do banku, jak człowiek.

– Ja nie mogę – powiedział uprzejmy pan. – Jeśli dziś pani złoży wniosek, to może będzie w przyszłym tygodniu, jeśli w poniedziałek, to na pewno nie.

Jęknęłam. A potem zadzwoniłam do Magdy. Ubłagałam ją, żeby wysłała na podane konto tę opłatę i przysłała natychmiast maila.

Stałam przy okienku i wpatrywałam się w miłego pana, który czekał. Dwie minuty później przyjął wniosek, a ja pognałam do Magdy zwrócić jej pieniądze.

– Jesteś kompletnie zacofana – powiedziała Magda. – Zrób coś z tym.

Wieczorem przyszła Zośka i wprowadziła mnie w tajniki nie tylko płacenia, ale też wysyłania dowodu wpłaty, gdzie chcę.

– I pomyśleć, że uczysz się komputera tylko dzięki geografii – była z siebie bardzo dumna.

Kiedy pochwaliłam się mojej córce, że już umiem robić przelewy, zapytała mnie z lekkim przekąsem:

– Mamo, a skąd ci nagle przyszło do głowy, że jednak wirtualnie będzie łatwiej? – Moja córka nawet dzisiaj się nie może nadziwić, że jestem kompletnie niepełnosprawna w kwestiach technicznych – delikatnie rzecz biorąc.

I co jej miałam powiedzieć? Skąd?

Stąd, że Egipt nie leży w Europie!

A w Egipcie i tak nie byłyśmy, bo wybuchła rewolucja.

I chciałoby się powiedzieć, że cała ta nauka na nic.

Chociaż paszport się może jeszcze przyda.

Wywalić przydaśki

– Musisz się pozbyć wszystkich przydasiek – powiedziała do mnie Ania.

Przydaśki to są rzeczy, które mogą się przydać, a które nigdy już się do niczego nie przydadzą.

Nie wyrzucę, bo mi się przyda. Przyda się kiedyś. Przyda się komuś. Jak schudnę, będzie jak ulał. Jak utyję, będzie w sam raz. Jak znajdę krawcową, to przerobi. Jak naprawię, to postawię. Jak pomaluję, będzie jak nowe.

Każdy z nas je ma – chyba że jesteśmy ludźmi oświeconymi albo świeżo po przeprowadzce lub rozwodzie.

Wtedy chętniej wyrzucamy to, co kiedyś schowaliśmy, bo się jeszcze przyda.

A miały nam się przydać różne rzeczy – a to sosjerka po babci z odłamanym uchem (sklei się kiedyś), a to stare żelazko (tylko sznur trzeba dokupić, będzie jak nowe), a to zeszyt (który jest zapisany tylko do połowy, to się będzie robić listę zakupów), a to uchwyt do telewizora (wisi co prawda na ścianie, ale szkoda wyrzucić, bo może ktoś będzie potrzebował).

Przydaśki rozmnażają się szczególnie wtedy, kiedy mamy większą powierzchnię mieszkaniową. Albo domek na działce. Albo piwnicę. Albo kawałek strychu. One tam pączkują w sposób niekontrolowany, w każdym razie u mnie w domu miały do tego świetne warunki. Stare prześcieradła, bo będą znakomite na szmaty – schowałam trzy, jest osiem. Swetry, które się spruje, bo taka świetna wełna, były dwa – jest cały koszyk. I tak dalej, i tak dalej.

Jak zrobiłam małe rozpoznanie wśród przyjaciół i rodziny, to się okazało, że tylko moja córka ma wokół siebie rzeczy, które lubi. Co prawda, kazała mi przeczytać książkę, której autorka radzi, żeby otaczać się rzeczami, które nam się podobają, które sprawiają nam przyjemność, a nie tym, co może się przydać. I niezależnie od stopnia zamożności mieć koło siebie tylko takie. Albo nie mieć w ogóle. Jeśli lubimy kubki, to miejmy sobie jeden piękny kubek, a nie dziesięć wyszczerbionych lub nieładnych, licząc na to, że wpadnie do nas niespodziewanie osiem obcych osób, które nagle będą chciały osiem kaw. Jedne fajne spodnie są lepsze od sześciu par takich, co to żal wyrzucić, bo jeszcze się nadają, choć przede wszystkim do śmieci.

Jestem miesiąc po generalnych porządkach i czuję się jak nowo narodzona.

Ale nigdy mi nie przyszłoby do głowy, że przydaśkami mogą też być ludzie, gdyby nie mały chłopczyk.

W mojej rodzinie urodziło się dwa lata temu zupełnie nowe dziecko. Mały człowiek – Tadzio junior – ma dwa lata i siostrzyczkę Zosię, która skończyła lat pięć.

Wszedł właśnie w okres bicia, poszturchiwania i gryzienia tych, którzy się mu sprzeciwiają lub czegoś zabraniają.

A zabraniają mu między innymi poszturchiwać, gryźć i bić.

Główną osobą, narażającą mu się bez przerwy, jest jego urocza mama, która upomina:

– Tadziu, nie wolno.

Więc pewnego dnia Tadzio ugryzł mamę. Wtedy podeszła do niego siostrzyczka i coś mu zaszeptała do ucha.

Ku zdziwieniu wszystkich Tadzio natychmiast się uspokoił i pogłaskał rękę mamy.

To, co powiedziała siostrzyczka, nie było przeznaczone dla dorosłych, ale zostało podsłuchane i brzmiało tak:

– Nie gryź mamy, ona się jeszcze może przydać.

Marylka wieczorem zapytała Zosię, do czego jej zdaniem mogą się jeszcze przydać ludzie.

Zosia spojrzała na nią ze zdumieniem i tak samo jak do brata cichutko powiedziała:

– Oni się przydają czasami mimo wszystko. Do kochania.

Biorę wszystkie trzy

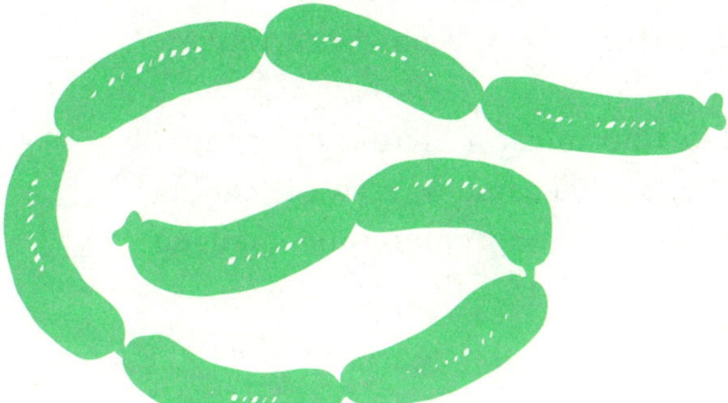

Od jakiegoś czasu mówię o diecie.

Posunęłam się nawet do tego, że zwierzyłam się Mężczyźnie i spytałam, co on na to.

I on powiedział, że owszem, też może przejść na dietę, skoro o tym mówię bez przerwy, tylko musi to być jakaś rozsądna dieta.

Bardzo się ucieszyłam. Przecież nie będziemy gotować dla dwóch osób dwóch różnych obiadów! Co on sobie wyobraża!

Więc kiedy spotkałyśmy się we cztery u Anki, okazało się, że jestem jedyną osobą, która jeszcze się nie odchudzała. Nie dlatego żebym była specjalnie chuda. Nie jestem też bardzo gruba. Po prostu dopóki nie okazało się, że przytyłam trzy kilogramy, odkąd mieszkam z facetem – nie było problemu. Nie było, dopóki Anka mi nie wyliczyła, że po trzech latach związku będę ważyła dwanaście kilo więcej niż w tej chwili. A po dziesięciu – niech sobie sama policzę!

Przez trzy godziny, przy czterech butelkach wina dowiedziałam się wszystkiego. O węglowodanach, ukrytych wszędzie, o indeksie glikemicznym, odkwaszaniu organizmu, szkodliwości kalorii, glutenu, mięsa, mleka, a na końcu warzyw i efektu jojo.

Anka jadła samo mięso i kiełbasy i schudła osiem kilo. Mania jadła same warzywa i schudła sześć, Marzenka jadła naprzemiennie każdego dnia co innego, na przykład biały ser w poniedziałek, we wtorek marchewkę, w środę mięso – bez ograniczeń, i myślała, że się przekręci, a Ela kupiła jakieś pudełka i też schudła, ale nie wie, co w nich było. Było w nich coś do jedzenia, tego jest pewna.

Perspektywa ważenia dwustu kilogramów po dziesięciu wspólnych latach zrobiła swoje. I pokazała mi też mój optymizm.

Wróciłam do domu lekko zawiana, za to z całym wykładem o diecie kawowej, bezglutenowej, Kwaśniaka, Dąbrowiaka, Szczyszyna i Kosmonautów.

Mężczyzna spojrzał na mnie ze zrozumieniem, kiedy otworzyłam lodówkę i wyjęłam kawał sera – po winie zawsze mi się chce jeść.

– Ser jest na deser, zrobiłem goloneczki. Jesteś głodna?

Byłam potwornie głodna.

Kiedy zjedliśmy, zapytałam beztrosko:

– Którą dietę wybierasz? – bo postanowiłam się zgodzić na wszelkie jego sugestie.

– Tę z mięsem. I tę z warzywami. I jeszcze tę, co się je pięć posiłków dziennie. Choć tę muszę zmodyfikować, bo wolę jeść dwa razy dziennie, ale mogę połączyć dwa posiłki w jeden. Biorę wszystkie trzy – odpowiedział spokojnie. – Po jednej będę głodny.

Więc ja też biorę wszystkie trzy!

Trzy wesela

Kiedyś narzeczony córki Mani oświadczył się i konsekwencją tego będzie ślub.

Mania zapytała swoją córkę, czy ma na ten ślub jakieś pomysły.

– Pomyślę – brzmiała odpowiedź, a ja wiedziałam, że muszę Manię wspomóc.

Miałam niejakie doświadczenie, a Mania wydawała swoją pierwszą córkę.

– No ale kiedy? I gdzie? Czy robimy wesele, czy też skromniutkie przyjątko...

– Aaa. – Mania pokiwała głową. – Nie mam pojęcia, a co byś proponowała?

Powiedziałam, że do ustalenia tego potrzebne są osoby z doświadczeniem.

No i jak przyjechała do mnie, zaprosiłam swoje koleżanki. Kobiety dojrzałe, doświadczone, dorosłe. Trzy D. Wszystkie miały córki, którym wyprawiły wesela.

– Najpierw trzeba ustalić gdzie – powiedziała pierwsza.

– Przede wszystkim kiedy – powiedziała druga.

– Najważniejsze to ustalić, jak duże ma to być wesele – powiedziałam ja.

Mania milczała.

– Data ci się i tak nie będzie zgadzać z miejscem. Anka wymyśliła sobie „Różaną" i musieli przełożyć ślub o trzynaście miesięcy, bo tam wszystkie terminy były zarezerwowane – powiedziała pierwsza.

– Termin jednak ma kluczowe znaczenie – powiedziała druga. – Jak robicie przyjęcie, to musi być sobota, bo ci w środku tygodnia nie przyjadą...

– I właśnie dlatego upierałabym się, żeby najpierw ustalić, czy to ma być huczne wesele, czy tylko uroczystość z najbliższymi. – Wiedziałam, co mówię. – Bo wtedy miejsce nie jest tak istotne. Można nawet przyjąć najbliższych w domu i zamówić catering.

– A duże macie mieszkanie? – zatroszczyła się trzecia.

– Czterdzieści metrów – powiedziała Mania.

– No to kogo oni tam pomieszczą – powiedziała pierwsza.

– Dla nas się zawsze znajdzie miejsce – powiedziała druga.

– Bo my przecież to organizujemy – powiedziała trzecia.

Ja milczałam. Mania milczała.

Tylko sobota, tylko rodzina, tylko przyjaciele, czy on ma dużą rodzinę, kogo chcesz zaprosić, ile chcecie wydać, miesiąc musi mieć „r", zostaje czerwiec, kto będzie grał, mamy strasznie mało czasu – przelatywały obok mnie pytania, na które one udzielały sobie wzajemnie odpowiedzi.

Po trzeciej butelce wina zrozumiałam, że wstępne ustalenia dotyczące tych trzech różnych ślubów mogą się przeciągnąć do roku dwa tysiące dwudziestego drugiego, nawet jeślibyśmy się spotykały dwa razy w tygodniu.

Wyszłam do ogrodu podlać pelargonie.

Kiedy wróciłam, pierwsza koleżanka bawiła się z Rodosem na dywanie, druga przekonywała zdezorientowaną Manię, że jednak należy zacząć od ustalenia terminu, trzecia myła naczynia.

– Zapytam córkę – powiedziała Mania i wyglądała na zmęczoną. – Ale chyba chcą wziąć ślub w czerwcu.

– Na pewno w czerwcu – potwierdziłam i zaczęłam sprzątać ze stołu.

– Wspaniale! Nie mogłyście tak od razu? – krzyknęły wszystkie trzy. – To kiedy się spotykamy, żeby ustalić gdzie?

I wtedy zrozumiałam, że nie tędy droga.

Że muszę porozmawiać z samą Manią.

No, może jeszcze z jej siostrą Elą. Choć Ela nie ma takich doświadczeń jak ja i moje koleżanki, które powydawały córki za mąż.

Gotowi na podział

Nauczona doświadczeniem, wiedziałam, że muszę wspomóc Manię choćby w sprawie rozsadzenia gości weselnych przy ośmiu różnych stołach, że my obie musimy znaleźć klucz do tego, bo my znamy swoją rodzinę najlepiej. W rękach dzieci nie powinna tego zostawiać.

Tym razem usiadłyśmy u mnie w kuchni same. Wiedziałyśmy, że goście muszą zapamiętać ten ślub i wesele jako jedno z najmilszych przeżyć w swoim życiu. Tak jak ja pamiętam ślub Mani i Andrzejka, w trudnych czasach komunizmu. Ach, co to był za ślub! Owszem, konflikty też były na samym koniuszku znakomitego wesela, i dlatego my się teraz, jako osoby dorosłe i doświadczone, zastanowimy nad tym, jak należy wykluczyć i zdusić w zarodku ewentualne zadrażnienia i pospolitą nudę.

Najważniejsze, żeby ludzie mieli o czym ze sobą rozmawiać, żeby mieli te same poglądy, zainteresowania, fobie oraz pasje.

Podzieliłyśmy więc gości z grubsza na wegetarian, miłośników zwierząt, towarzystwo wzajemnej adoracji, koło gospodyń, miłośników muzyki, na gości z problemami gastrycznymi, osoby wymagające szczególnej troski i na dzieci.

– To jego rodzice będą musieli siedzieć osobno – powiedziała Mania.

– A wy też do żadnej z tych grup nie należycie – zauważyłam i otworzyłyśmy z Manią pół litra czystej. Pijemy wódkę bardzo rzadko, ale okazja była specjalna. Wyjęłam kartkę i zaczęłam spisywać nasze światłe pomysły. W odpowiednim momencie podsunie się je młodym. Mania pilnie śledziła moje notatki.

– Dodaj stół ze schorzeniami. To największa pasja cioci Basi.

– To posadzimy ją przy stole z pasjami. Nie mamy miejsca na następny stół.

– Może zlikwidujemy wegetarian i podciągniemy ich pod schorzenia gastryczne?

– To o czym będą rozmawiać? O dietach?

– Nie, o tym, czego im nie wolno. Albo czego mają za mało, albo czego mają za dużo.

– Ci już siedzą przy stole szczególnej troski.

– Którzy?

– No ci, którzy mają za mało wody, za dużo serwetek, za mało albo za dużo soli i tak dalej.

– Aha – powiedziałam bez zrozumienia i wypiłyśmy następny kieliszek.

– Tylko nie wiem, gdzie posadzę kuzynkę swojego męża. Przy fobiach? Ona jest wegetarianką, słucha muzyki poważnej i boi się dużych czarnych przedmiotów.

– Jakich? – bardzo mnie to zaciekawiło i wypiłyśmy następny kieliszek.

– Nie wiem, na przykład fortepianu – powiedziała Mania.

– A, to ty chcesz mieć fortepian na weselu? Przecież miał być didżej.

– Oni chcą didżeja.

– To fortepian mamy z głowy.

Mania wyglądała na zafrasowaną.

– Ja bym najpierw zrobiła listę gości, krótki rys charakterologiczny i dopiero potem podział na stoły. Jeśli chodzi o rodzinę. Bo ich przyjaciele będą siedzieć razem. A nasi muszą tematycznie.

– Ja bym te połączyła w jeden.

– Które? – zapytała Mania, ale moje notatki były już niewyraźne. I napełniła kieliszki.

Tuż koło północy skończyłyśmy przypominać sobie ważne szczegóły z wesela Mani, które odbyło się dwadzieścia pięć lat wcześniej.

Mania zarządziła przy ostatnim kieliszku:

– Chodźmy spać, po prostu losowo wyciągnij gości z listy i losowo ich umieść przy stołach.

– Asia ma rzucić welonem w moją stronę – powiedziałam ja, wypiłyśmy i poszłyśmy spać.

Było to dobrych parę lat temu. Urodziły się już dzieci po tym ślubie, mały Tadzio i Zosia, a my się nigdy nie zdradziłyśmy, jak planowałyśmy ich wesele.

Wczoraj dostałam zaproszenie na ślub drugiej córki Mani.

Natychmiast zadzwoniłam i zapytałam, kiedy planujemy rozsadzanie nieznanych nam gości przy nieznanej nam liczbie stołów, w nieznanym miejscu, ale znanym terminie.

– Teraz to wystarczą dwa stoły – powiedziała Mania. – Ale co nam szkodzi się spotkać? Może przyjadę w tym tygodniu.

I już zaczynam się cieszyć!

Mówiła, że można

Zaczyna się niewinnie.

– Mamo, czy mogę?

Mogę zjeść, mogę wyjść, mogę się pobawić, mogę najpierw zjeść, najpierw się pobawić, mogę rozpruć tego misia, mogę zobaczyć, co jest w środku tego telefonu, mogę nie iść do szkoły, mogę spędzić noc z przyjaciółką u jej babci, mogę nie robić tego, mogę już to robić?

Potem mama znika z tego pytania.

Zostaje samo „czy mogę?".

– Mogę? Myślisz, że mogę?

Mogę jechać albo nie jechać? Przełożyć egzamin? Wziąć zwolnienie? Przedłużyć delegację? Nie wrócić do domu? Spóźnić się tylko trochę?

Stopień wyżej czai się już nie pytanie, tylko zdanie oznajmujące.

Myślałem, że mogę.

Myślałem, że mogę się z nią spotkać. Myślałem, że to tylko kawa.

Myślałam, że mogę się z nim zobaczyć. Myślałam, że to tylko lunch.

Tuwim napisał, że „sumienie to jest ten cichy głosik, który szepcze, że ktoś patrzy".

Więc jeśli myślałem, myślałam, że można, jeśli się nikt nie dowie, to można czy nie można?

Ilekroć ktoś mi mówi, że bez problemu, co prawda nie dowiadywał się, ale sądzi, że można, że nie ma przeciwwskazań i że to, co nie jest zabronione, jest dozwolone – myślę o przekraczaniu granic i zastanawiam się, w którym momencie ta cienka granica między można a nie można zostaje przekroczona. W jakich warunkach, jakie towarzyszą temu okoliczności, jak to się dzieje, że jeden idzie na kawę, a drugiego ta sama kawa doprowadza w prostej linii najpierw do chcianego romansu, a potem do niechcianego rozwodu.

Ale nie wiem.

Bo jak już mi się wydaje, że wiem, to przypomina mi się opowieść S. o jednym przemiłym Dostojnym Aktorze. Aktor został przygarnięty przez grupę młodych ludzi, których przedstawienia nagle i na długo wspięły się na szczyt popularności. Po spektaklach przed garderobą tłumy fanów, zabawy do białego rana, uganiające się za sławami panny, jednym słowem, żyć nie umierać. Balangi trwały do świtu, a Dostojny Aktor, który w drugim akcie wnosił wiaderko wody na scenę – zatrudniony przez reżysera o gołębim sercu, który wiedział, jak małą emeryturą dysponuje Dostojny – był może nie w sercu, ale również częścią tego całego zamieszania.

Z nieodłączną fajką, z „ł" przedniojęzykowym, kulturalny, z przedwojenną kindersztubą, miał wśród rozpieszczanych sław swoje stałe miejsce.

Pewnego wieczoru po spektaklu, kiedy zastanawiali się, gdzie dziś będą balować, nieśmiało zaproponował, żeby wszyscy, jak tu stoją, wzięli alkohole, których było dużo, i poszli do niego. Żona się ucieszy, on będzie zaszczycony i doprawdy – nie muszą włóczyć się po knajpach, zresztą drogich. I na dodatek zamkniętych o tej porze.

Na klatce schodowej zatrzymał rozbawione towarzystwo na półpiętrze, uśmiechnął się i powiedział:

– Poczekajcie państwo, ja tylko uprzedzę Helenkę.

Towarzystwo zatrzymało się na półpiętrze, a Dostojny zapukał do drzwi.

Nie usłyszeli tego, co powiedział, ale zza zamkniętych drzwi dobiegło do nich to, co powiedziała żona. A powiedziała, co następuje:

– Jak możesz! O tej porze! Co to za pomysły! Pijaków mi tu będziesz sprowadzał! Jest po północy! Co ty sobie wyobrażasz! Ja ich znam! Co to za towarzystwo! Jak śmiesz! Niech do żon wracają, a nie pijackie burdy urządzają!!!

Wszyscy zamarli w bezruchu i ciszy.

A potem drzwi mieszkania się otworzyły, Dostojny Aktor wychylił się zza framugi i skinął na nich przyjaźnie.

– No, co tak stoicie, chodźcie! Mówiła, że można!

Mam nowe, lżejsze

Pamiętacie *Dzień świra*? Ile razy bohater musiał zamieszać w prawo i w lewo kawę? Ile chrupek wrzucić do mleka, żeby mu się zgadzało? Ile razy pocałować Jezuska przed wyjściem z domu? Ile razy sprawdzić gaz, wodę i czy drzwi zamknięte?

Doprawdy, jaki śmieszny ten bohater.

Ile razy my wracaliśmy do domu, bo nam się wydawało, że zostawiliśmy ziemniaki na gazie, otwarte okno, a zapowiadali burzę, i czy aby na pewno zamknęliśmy drzwi na klucz?

W mojej ojczyźnie żyje parę milionów ludzi, którzy mają nerwicę, natręctwa, zaburzenia. Parę milionów alkoholików, a alkohol zmienia świadomość. Parę milionów ludzi tak głęboko nieszczęśliwych, że zaczynają widzieć w sobie nie lęk i niepewność, które można uporządkować, tylko niebezpieczeństwo czyhające na zewnątrz – jakiegoś potężnego wroga, jakieś układy, jakieś spiski.

Każdy z nas ma znajomego albo przyjaciela, albo kogoś w rodzinie, albo sąsiada, który miewa różnego rodzaju lęki. Albo dziwactwa. Albo na umór pije, ale to wstyd do takich rzeczy się przyznawać. I z pomocy wstyd korzystać. Tylko wariaci chodzą do psychiatrów. Tylko ci, którym się przewróciło w głowie, chodzą do terapeutów. Ludzie leczący się psychiatrycznie to kłopot, lepiej z nimi nie mieć do czynienia. A ja przecież jestem wspaniały, młody, zdrowy i jedynie słuszny! Z małą tolerancją na inność.

I dlatego poprosiłam panią Alicję, żeby pozwoliła mi opowiedzieć jej historię. Ciężka nerwica, szpital, potem opieka terapeutów. Nie może wyjść z domu, bo po paru krokach traci pewność, czy zamknęła drzwi, i wraca. Sprawdza, wychodzi, pamięta, że sprawdziła, wsiada w tramwaj, wysiada, cofa się, bo już nie jest pewna.

I teraz opowiem króciutką historię sprzętu domowego, który stał się dla mnie symbolem nadziei i radzenia sobie z poważnymi trudnościami.

Od miliona innych ludzi, którzy pomoc wyśmiewają, pani Alicja różni się tym, że rozumie, że pomocy potrzebuje.

Raz w tygodniu jest u terapeutki. Tydzień temu opowiedziała swoją historię zupełnie nieznanej osobie, świeżo przyjętej do pracy.

Odstawiła swoją torbę na krzesło, usiadła i zaczęła od tego, jak się bała wychodzić z domu, bo nie można zostawić mieszkania otwartego, ale teraz prosi sąsiadkę z piętra wyżej, to jak ona jest w domu, to sprawdzi i już nie ma problemu. Albo sąsiad spod szóstki, tylko że on wraca z pracy po czwartej, a wychodzi wcześnie rano. No bo po miesiącach niewychodzenia z domu zrozumiała, że tak żyć się nie da, że tylko gorzej się człowiekowi robi. No i wychodzi. Pojawił się, co prawda, następny problem. Teraz myśli, że zostawiła włączone żelazko. I musi wracać i sprawdzać, czy aby na pewno wyłączyła. Spod klatki to się łatwo było cofnąć, ale jak była w mieście, to zanim dojechała do domu, to panikowała. Bo może już mieszkanie spłonęło? Więc też jakiś czas nie wychodziła, bo lepiej było nie wychodzić. I to było bardzo, bardzo nieprzyjemne.

– Ale jest pani u mnie, przyjechała pani, to co takiego się wydarzyło, że nie bała się pani wyjść? – zapytała młoda kobieta.

I wtedy pani Alicja z dumą sięgnęła do torby i wyjęła żelazko.

– Noszę je przy sobie. W każdej chwili mogę sprawdzić, czy wszystko jest w porządku.

Chylę przed panią Alicją głowę. Jest dla mnie przykładem na to, że w każdych warunkach, w każdym stanie możemy coś zrobić. Coś, co może wyda się innym zabawne, ale nam ratuje życie. Oswoić swój lęk, każdy bowiem sposób jest dobry, żeby go nie pielęgnować.

Zadzwoniłam wczoraj do pani Alicji i zapytałam, co nowego.

Powiedziała z dumą:

– Kupiłam nowe żelazko, jest dużo lżejsze, już się tak nie męczę.

Myślisz,
że za rok...

Był szósty listopada, cztery lata temu.

Przyjaciółka moja, Ania, cieszyła się od dwóch lat Aleksandrem (pozwolili mi użyć imion).

Po dwóch rozwodach, po pięćdziesiątce, po toksycznym drugim mężu, którego najmniejszą wadą było budzenie jej o dowolnej porze nocy, bo nie mógł spać albo chciał powiedzieć, że mu samochód nie zapalił, albo zapytać, gdzie jest wino, które otworzył dwa dni wcześniej, spotkała absolutnie fantastycznego mężczyznę.

Dorosłego. Mądrego. Dowcipnego. Dojrzałego. I to można było sprawdzić.

Nie lubiłam jej drugiego męża, elokwentnego skurczybyka.

Kiedyś o szóstej rano zawiadomił ją, że bierze jej samochód, bo jego nie zapalił. Oboje dojeżdżali do pracy, ale on był ważniejszy, więc tylko powiedziała, żeby dolał oleju, bo kontrolka się zapaliła, i weszła do łazienki, zastanawiając się, jak ona dojedzie do lecznicy.

Za moment wyciągnął ją z łazienki. Narzuciła szlafrok i wyszła na mróz. Samochód miał podniesioną maskę.

– Chyba coś jest nie tak! – powiedział jej mąż, a ona z przerażeniem zauważyła, że kurek od dolewania płynu do chłodnicy jest odkręcony.

– Bo ja tu wlałem. – Puknął palcem w otwarty wlew.

Spojrzała na niego i powiedziała z rozpaczą:

– Tu jest napisane OIL, oil, tu, a to znaczy olej, dlaczego tu nie wlałeś?

– Bo tu się nie odkręcało – wyjaśnił mąż – a ten się odkręcił.

Szczęśliwie drugi mąż należał już do przeszłości.

Teraz Aleksander brał samochód do przeglądu, żeby ona się nie martwiła.

Kurde, bajka, chociaż prawda. Tylko pozazdrościć. Takie rzeczy się nie zdarzają w rzeczywistości. On naprawdę ją kochał, a ona kochała jego. Czekałam na happy end.

Szóstego listopada cztery lata temu zadzwoniła do mnie.

– Mam raka obu piersi – usłyszałam w słuchawce.

Rozpoczęła się walka.

Ania była załamana, operacja, obustronna mastektomia, wykonana fatalnie, chemia, naświetlania.

Po każdej poniedziałkowej chemii Aleksander przyjeżdżał po nią i brał ją do siebie na wieś, razem z jej psem. Kotami zajmowała się siostrzenica. Nie przyjmował do wiadomości ani jej depresji, ani słabości, ani braku nadziei. Robił swoje. Gotował, donosił do łóżka, zamawiał w Internecie różne zioła, orzeszki, soki z dziwnych owoców, które ona piła lub nie.

I raz na jakiś czas pytał, kiedy za niego wyjdzie.

Ale Ania w ogóle nie chciała słuchać o żadnym ślubie.

Minął pierwszy trudny rok. Włosy zaczęły odrastać, najgorsza słabość minęła, Ania przestała się farbować i zaczęła być pięknie siwa, a Aleksander nie odpuszczał.

Kiedy przechodzili obok sklepów z bielizną damską, na których prężyły się piękne staniki na manekinach, udawał, że wymiotuje.

Ale Ania nie chciała żadnej litości.

W ogóle nie rozumiała jeszcze, że żadna litość nie wchodziła w grę.

Po trzech latach, kiedy on poważnie ją zapytał, dlaczego nie chce wyjść za niego i żyć długo i szczęśliwie, wykrzyczała:

– Nie rozumiesz, że jeszcze mogę być chora? Że to dopiero czwarty rok od choroby? Że dopiero za rok będzie wiadomo, co ze mną?

A Aleksander, facet, którego bardzo lubię, powiedział:

– Ale co chcesz mi powiedzieć? Myślisz, że za rok cycki ci odrosną?

Dwunastego listopada wzięli ślub.

Na ślubie było sześć osób. Oni i świadkowie.

Byłam świadkiem.

Nigdy nie wiemy, co się wydarzy i co nam przyniesie życie.

Jutro jest zawsze niewiadome.

Dzisiaj jest happy end.

Spis pocieszek

Wydanie pierwsze

OPIEKA REDAKCYJNA
Anita Kasperek

ADIUSTACJA
Henryka Salawa

KOREKTA
Kamil Bogusiewicz, Ewelina Korostyńska,
Anna Dobosz, Jacek Błach

PROJEKT OKŁADKI I STRON TYTUŁOWYCH
Andrzej Pągowski

PRINTED IN POLAND

Wydawnictwo Literackie Sp. z o.o., 2018
ul. Długa 1, 31-147 Kraków
bezpłatna linia telefoniczna: 800 42 10 40
księgarnia internetowa: www.wydawnictwoliterackie.pl
e-mail: ksiegarnia@wydawnictwoliterackie.pl
fax: (+48-12) 430 00 96
tel.: (+48-12) 619 27 70
Skład i łamanie: Nordic Style
Druk i oprawa: Drukarnia Zapolex

ISBN 978-83-08-06562-4